DESTINO A TRE

Un romanzo alla Montgomery Ink

CARRIE ANN RYAN

―――――――――――――――

Destino a tre

―――――――――――――――

Una storia d'amore alla Montgomery Ink

Carrie Ann Ryan

Copyright

questa copia non è stata acquistata per il tuo utilizzo, dovresti acquistare la tua copia personale.

Grazie per aver rispettato il duro lavoro di questa autrice.

Destino a tre
di Carrie Ann Ryan
©2021 Carrie Ann Ryan
Titolo originale: *Ink Reunited*
Traduzione dall'inglese di Well Read Translations
http://wellreadtranslations.com

eBook ISBN: 978-1-63695-109-6
Paperback ISBN: 978-1-63695-110-2

Prodotto negli Stati Uniti

Per maggiori informazioni, iscriviti alla MAILING LIST di Carrie Ann Ryan.

Per interagire con Carrie Ann Ryan, entra nel FAN CLUB su Facebook.

Destino a tre

Quando i due uomini entrano nel negozio, Sassy Bordeaux è costretta ad affrontare ciò che credeva sepolto nel passato. Sarà in grado di liberarsi dalle catene del dolore e accogliere il futuro che merita?

Rafe Chavez e Ian Steele rivivono il tempo passato con Sassy ogni volta che chiudono gli occhi. Erano andati ognuno per la sua strada, lasciandosi dietro molti rimpianti e l'unica donna che avessero mai amato.

La passione che legava i tre era sempre stata intensa, ma ora è un fuoco selvaggio. Se i tre sono fortunati, usciranno indenni dalle fiamme. E se il destino è davvero dalla loro parte, allora ne usciranno insieme.

Capitolo uno

"Quindi...dovrei farmi una farfalla sul sedere o un cobra sul fianco?"

Sassy Bordeaux sorrise alla liceale appena diciottenne e si tamburellò il mento con un'unghia dipinta di un delizioso rosso mela. I numerosi braccialetti che adornavano i suoi polsi scoprivano a tratti alcuni dei tatuaggi sugli avambracci, tintinnando in sincrono con i suoi movimenti. Il suono si mescolava con gli echi di aghi motorizzati, risate, musica e chiacchiere all'interno del negozio.

Nonostante avesse diciotto anni, la ragazza di fronte a lei aveva una faccia ancora da bambina in crescita. Normalmente, Sassy non si sarebbe permessa di dire ai suoi clienti che non erano pronti per un tatuaggio, ma oggi doveva intervenire.

Ma dai, chi voleva prendere in giro?

Sassy interveniva *sempre* per dire le cose come

stavano. Non aveva senso mentire solo per far guadagnare qualcosa in più al negozio, se il cliente si ritrovava con un tatuaggio che non voleva davvero, o che non corrispondeva alla sua personalità, ma solo a chi pensava di dover essere.

Era la receptionist della Midnight Ink e mentre la maggior parte delle persone dal di fuori pensava che il suo lavoro fosse fare il caffè e prendere appuntamenti, lei e il team di tatuatori sapevano la verità. Lei era la prima linea difensiva per il lavoro degli artisti e la soddisfazione dei clienti.

Era un lavoro che prendeva sul serio.

Anche se quasi tutti i giorni era una donna dall'aspetto un po' bizzarro. Ma questo giocava a suo favore, concedendole una certa libertà di comportamento.

Tutti sottovalutavano Sassy.

Perfino Sassy si sottovalutava a volte.

Okay, i suoi pensieri stavano prendendo una direzione preoccupante.

Accantonando i ricordi a cui preferiva non pensare mai più, prese la mano della ragazza e scosse la testa.

"Tesoro, è davvero questo che vuoi?" chiese, abbassando ad un delicato sussurro la voce già morbida come il velluto.

La ragazza la fissò sbattendo le palpebre. "Ehm...sì? Cioè... È per questo che sono qui, giusto?"

Con un gesto fluido Sassy spinse indietro le lunghe

chiome marroni, che le caddero elegantemente lungo la schiena. Oggi aveva scelto di tingere alcune ciocche di un blu brillante, grazie a un colorante temporaneo. Le piaceva cambiare colore ogni giorno e a volte persino nel bel mezzo della giornata lavorativa, solo per il gusto di sconcertare le persone che la incrociavano nel negozio.

I clienti che non la conoscevano, ma anche alcuni abituali, pensavano che fosse un po' troppo matta per i loro gusti, quindi amava alimentarne le fantasie e non le interessava cambiassero opinione.

Inoltre, i colori erano fantastici.

"Come ti chiami, tesoro?" chiese, mentre conduceva la ragazza verso uno dei piccoli divani nella sala d'aspetto della Midnight Ink.

"Hannah. E tu sei Sassy. Ho sentito parlare di te."

Dalla strana espressione sul volto di Hannah, Sassy non era sicura di voler sapere con esattezza quello che la ragazza avesse sentito dire. Giravano un sacco di storie su come fosse finita a lavorare alla Midnight Ink. Una spia, una principessa in incognito, una ex modella rovinata dalle droghe: Sassy ne aveva sentite di tutti i colori.

Non era colpa sua se le voci continuavano a circolare. D'accordo, forse era in parte colpa sua, visto che non faceva nulla per screditare i pettegolezzi e non aveva mai raccontato la verità su cosa l'avesse portata lì.

Nessuno doveva saperlo, e comunque la fantasia era più eccitante della realtà.

Sassy sprofondò nei cuscini di uno dei divani che aveva scelto per il negozio e trattenne un sospiro. Cavolo, adorava questo divano. Era così accogliente, ma senza darlo a vedere. Si adattava perfettamente al look della Midnight Ink con gli angoli definiti e il morbido color crema dei rivestimenti. Il resto del negozio aveva pavimenti in parquet e arredamenti in legno scuro che splendevano sotto le luci calde. La piccola reception dove Sassy poteva parlare con i clienti, e gli artisti erano soliti rilassarsi, era il suo regno, dove la magia aveva inizio.

O almeno era quello che *sperava* sarebbe successo in questo caso.

"Dunque, Hannah, hai sentito parlare molto di me?" chiese Sassy, con tono noncurante. Doveva uscire dalla sua testa ed entrare in quella della ragazza. Che diavolo le stava succedendo oggi?

Hannah alzò gli occhi al cielo e poi si morse il labbro, come se stesse valutando cosa dire. "Beh, tu sei...la *famosa* Sassy. Tutti conoscono te e il tuo ruolo qui alla Midnight Ink."

Sassy trattenne uno sbuffo al sentire *famosa*. A quanto pare la sua fama la precedeva. Ecco cosa succedeva a essere schiette.

"Beh, sì, io sono la *famosa* Sassy, ma non è questa la cosa importante, vero, tesoro?" Davanti allo sguardo vacuo di Hannah, Sassy dovette trattenersi dal parlarle come a una bambina. Diamine, era davvero giovane. "Perché vuoi farti questo tatuaggio?"

"Perché ho diciotto anni ed è un mio diritto quale persona adulta." Hannah atteggiò le labbra a un broncio che contraddiceva apertamente quella dichiarazione di maturità.

Un'adulta? Che cavolo, di questi tempi li fabbricano sempre più giovani! È vero che Sassy aveva solo trentadue anni, una ragazzina per certi aspetti, ma aveva vissuto abbastanza da qualificarsi come decisamente più adulta di questa adolescente vergine.

"Hai ragione, tesoro, tatuarti è un tuo diritto ora che hai diciotto anni. Però devi ricordarti che un tatuaggio è per sempre. Non è qualcosa da sottovalutare. Certo, un cobra sul fianco sarebbe fighissimo, ne ho visto alcuni che si attorcigliano così splendidamente al corpo da essere una vera opera d'arte. Tuttavia, tesoro, se decidi di farlo deve significare qualcos'altro, oltre a dimostrare che sei più adulta di quello che pensino gli altri."

Dallo sguardo colpevole sul volto di Hannah, Sassy capì di aver centrato la vera ragione del gesto di ribellione della ragazza.

Inutile fermarsi ora, dal momento che ormai non c'era una sola possibilità che uno degli artisti accettasse di iniettare inchiostro su quella pelle immacolata. Chiaramente Hannah non era pronta e alla Midnight Ink erano molto coscienziosi su certi argomenti. Era quello che aveva fatto crescere la loro popolarità.

"Tesoro, vai a casa e rifletti se è davvero quello che vuoi."

"Ma io voglio un tatuaggio," borbottò Hannah.

Sassy annuì. "Sì, ti credo, e penso che qualunque cosa ti facessero qui sarebbe straordinaria. I nostri artisti sono eccezionali, tesoro, e avrai un aspetto fantastico, ma in questo momento? No, cara, non è qualcosa che dovresti fare ora. Aspetta finché non sarai pronta a fartene uno per *te* e non in base a quello che credi di dover essere per *gli altri*."

La ragazza emise un sospiro e si passò una mano sul viso. "Immagino che sia stato piuttosto stupido venire qui senza un'idea."

Sassy si avvicinò e le passò un braccio intorno alle spalle. "No, tesoro. In realtà, venire qui alla Midnight Ink è stata la cosa più intelligente che potessi fare. Da qualche altra parte avrebbero potuto non accorgersi che quello che dicevi di *volere* non è quello di cui hai *bisogno*."

Hannah le sorrise, sembrando ancora più giovane dei suoi diciotto anni, se possibile. "Credo che sia per questo che ti chiamano la *famosa* Sassy. Sai tutto."

Sassy gettò la testa all'indietro e rise di gusto. "Oh, sarebbe bello se fosse vero, ma è divertente fingere che lo sia. Ora andiamo a prendere un biglietto da visita, nel caso tu decida di tornare con le idee più chiare.

Quando lo farai, ti assegneremo un tatuatore, ma penso che Shep o Rosie andrebbero bene per te."

Hannah chinò la testa e arrossì. "Shep è il ragazzo carino con i tatuaggi su braccia e spalle che è lì nell'angolo, giusto?"

Sassy trattenne una risatina e guardò verso l'angolo dove Shep stava chiaramente trattenendosi dal ridere a sua volta. A quanto pare, aveva l'udito dannatamente fine.

"Sì, tesoro, quello è Shep. È impegnato, ma è comunque bello guardare e sognare."

Caliph, uno scimmione di tatuatore e il migliore amico di Shep, scoppiò in una sonora risata e Hannah arrossì ancora di più. Sassy fissò l'uomo che sorrise impenitente, per poi accompagnare Hannah all'uscita con la coscienza pulita.

Scivolò verso la postazione di Caliph, con un movimento dei fianchi che la rendeva ammiccante anche quando non ne aveva intenzione, e agitò il dito in faccia al suo amico.

"Non posso credere che tu le abbia riso in faccia! È solo un'adolescente con una cotta."

Caliph chinò la testa ed ebbe la decenza di mostrare un po' di vergogna. Giusto un po'. "Scusa, Sass. È l'idea di *te* che fantastichi sul caro vecchio Shep che mi ha fatto ridere, non la ragazzina che ha bisogno di tempo per pensare al tatuaggio."

Sassy sbuffò e poi gli schiaffeggiò la spalla. "Mi

sarei aspettata che fossi meno bruto e insensibile con le ragazze, da quando hai trovato Jennifer."

"Ehi, dagli tregua, Sass," si intromise Shep, mentre si avvicinava a entrambi. "Non l'ha fatto apposta e Hannah è uscita da quella porta sorridendo. Perché ne stai facendo una tale tragedia?"

Sassy sbatté le palpebre e fece un passo indietro. Beh, *in effetti* stava ingigantendo la questione oltre misura. Tutti alla Midnight Ink ridevano e scherzavano di continuo. Erano fatti così. Erano una famiglia e spesso si prendevano in giro a vicenda. Cosa diavolo le era preso? E perché se lo stava chiedendo da ore?

Forse aveva bisogno di una pausa.

O di un uomo.

Eh, no. Meglio non pensarci.

Diede un buffetto sulla guancia di Caliph per farlo chinare. Quando lo fece, gli posò un piccolo bacio su entrambe le guance e poi sospirò. "Mi dispiace, tesoro. Penso di aver solo bisogno di dormire."

O di fare sesso.

Smettila, Sassy.

Shep la guardò socchiudendo gli occhi e lei capì che non aveva creduto a una sola parola, ma lo ignorò. Per quanto amasse i suoi amici, non c'era bisogno che sapessero tutto di lei.

"Dovresti andare a casa, Sass," intervenne Shep. "Non siamo così indaffarati e se stai dicendo che hai bisogno di riposare, allora fallo." La tirò in un abbraccio e lei inspirò il suo profumo speziato, che non fece altro che ricordarle che faceva parte della famiglia. "Ti vogliamo bene, tesoro. Ti sei sempre presa cura di noi, adesso è il momento di prenderti cura di te stessa."

Sassy si tirò indietro ed esibì un sorriso forzato. Dannazione. Shep aveva ragione, eppure l'idea di prendersi cura di se stessa era la ragione per cui era finita in questa routine.

Okay, quindi era *questo* che non andava in lei.

"Shep, tesoro, non devi preoccuparti di Sassy."

Lui sorrise, i suoi occhi che brillavano all'uso della terza persona, esattamente quello che aveva sperato.

"Ogni volta che parli di te in terza persona mi spaventi. Lo sai, vero?"

Sassy annuì e i capelli le caddero di nuovo sulle spalle. Non riusciva quasi mai a tenerli in ordine come voleva. Sembravano amare la libertà anche più di lei. "Ecco perché lo faccio, Shep caro. Ora mettiti al lavoro su quel tuo stencil. E tu, Caliph, hai lasciato qualcuno a dormire sulla tua postazione. Come facciano ad addormentarsi facendosi un tatuaggio, non lo capirò mai."

L'omone sorrise, poi si chinò a baciarle la guancia. "Pensa a quanto sono delicate le mie mani." Inarcò le sopracciglia e Shep trattenne una risata dietro di lei.

Ragazzi.

Non crescevano mai, neanche ora che uno di loro si stava avvicinando rapidamente ai temuti anta.

"Sei un pericolo pubblico, ma sono contenta che

Jennifer ti abbia trovato. Ora torna al lavoro. Shep? Non dimenticare che devi far tornare Shea per il suo prossimo tatuaggio."

Shep si aprì in un sorriso che diceva a tutti nel raggio di chilometri che era pazzamente innamorato della donna dagli occhi azzurri che aveva bisogno di più tatuaggi. "Lo farò, non preoccuparti. Non può avere nulla sulle braccia o sulla parte inferiore delle gambe a causa del lavoro, almeno per ora, ma sta pensando a qualcosa per l'altro fianco."

Shea aveva incontrato Shep alla Midnight Ink quando lei voleva farsi un tatuaggio e, dato che al destino non si può sfuggire, nel frattempo i due si erano innamorati.

In effetti sembrava che l'amore fosse nell'aria alla Midnight Ink. Soltanto un mese prima anche l'ultimo dei piccioncini aveva trovato l'anima gemella. Tutto sommato, otto coppie, beh, una triade nel caso di Eli, si erano innamorate dall'inizio dell'anno.

A Sassy piaceva pensare di avere avuto un ruolo in ognuna di queste storie.

E a essere sinceri era vero, aveva aiutato ogni coppia a barcamenarsi attraverso le acque torbide dei sentimenti. Dopotutto, l'amore non era tutto arcobaleni e unicorni. Il vero amore e la vera felicità arrivano dopo che la coppia ha lavorato sodo per trovare la sua strada. Ciascuna delle coppie alla Midnight Ink aveva attraversato i suoi momenti bui e ora tutti potevano guardare a un futuro luminoso con lieto fine.

Ma questo non significava che anche Sassy avrebbe ottenuto il suo.

Chiuse gli occhi e fece un respiro profondo.

No, non doveva pensare a questo.

Non doveva pensare a *loro*.

Era così tanto tempo che non pensava al suo passato e a coloro che aveva abbandonato, che ormai erano solo un lontano ricordo. Certo, il sapore amaro del rimpianto ancora si faceva sentire sulla lingua una volta ogni tanto, ma non governava la sua vita o le sue scelte.

Perlomeno questo è quello che ripeteva a se stessa.

Scuotendo la testa, andò alla sua postazione e preparò il caffè. Sassy non faceva semplicemente il caffè. Nossignori. Aveva un talento fuori dal comune e tutti alla Midnight Ink lo sapevano. In una città piena di caffè mediocri, Sassy sapeva tirare fuori il meglio da loro.

Visto? Ecco qualcosa di leggero e frivolo a cui pensare. Cos'altro poteva occupare la sua mente che non avesse nulla a che fare con il dolore e il rimpianto?

Forse aveva bisogno di un altro tatuaggio.

Guardò le spirali e i fiori che le coprivano le braccia e sorrise. Sì. Farsi tatuare di nuovo era sicuramente la strada da percorrere. Aveva un paio di soggetti tatuati anche sulla schiena e sui fianchi, e sapeva di avere un sacco di posto ancora da riempire.

Ma chi scegliere tra gli artisti?

Era stato il suo obiettivo farsi tatuare da ciascuno dei membri della squadra della Midnight Ink e ormai aveva avuto tutti almeno una volta. Rosie aveva fatto un paio di sedute con lei. Poiché era la sua migliore amica, avrebbe avuto senso scegliere ancora lei.

Forse avrebbe chiesto a Shep di lavorare sul suo fianco. Quell'uomo sapeva esattamente cosa fare quando si trattava di unire curve e inchiostro. Sorrise mentre pensava a Shea. D'accordo, probabilmente l'uomo sapeva cosa fare con le curve anche in altri modi, ma non era qualcosa su cui soffermarsi.

Mai.

Il telefono del negozio squillò e Sassy si alzò per rispondere. "Stai parlando con Sassy della Midnight Ink. Il tuo desiderio, il nostro tatuaggio."

L'interlocutore sbuffò e Sassy sorrise. "Desiderio? Santo cielo, Sass, stai esagerando."

"Odalia!" strillò Sassy alla sua amica e cliente della Midnight Ink. "Sono così felice che tu abbia chiamato. Vieni a fare un'altra seduta con quel tuo ragazzaccio sexy?" Odalia e Jacques erano stati una delle coppie che aveva aiutato a mettere insieme di recente e non poteva essere più felice per la poliziotta e l'agente di recupero.

"Dal momento che sto pensando di far finire a Rosie un paio di pezzi e dovrò essere parzialmente nuda per farlo, sì, Jacques ci sarà." Sassy poteva praticamente vedere il sorriso sul volto della donna all'altro capo del telefono. "Sai quanto gli piace dedicarsi alla mia pelle."

"Sono sicura che ti piace fare lo stesso, dolcezza. Ora fammi dare un'occhiata alla mia agenda per vedere quando Rosie sarà disponibile. Hai un giorno in particolare che andrebbe bene?"

Fissarono l'appuntamento e Sassy lo scrisse a matita, Rosie si sarebbe poi occupata della conferma telefonica. "Verrai alla festa che organizziamo tra un paio di settimane?" chiese Sassy, riferendosi alla festa di San Valentino della Midnight Ink.

Il negozio amava organizzare feste in occasione di determinate festività. Dal momento che l'intero team sembrava essere innamorato, questa festa era decisamente appropriata. Non *sarebbe stata* in realtà il giorno di San Valentino, dato che tutti avrebbero voluto passarlo con la loro dolce metà, ma un giorno abbastanza vicino da avere una scusa per mangiare e bere e, per chi fosse rimasto sobrio, farsi un tatuaggio.

"Ci saremo. Sai che amiamo il negozio e amiamo te, tesoro."

Sassy aprì la bocca per parlare, ma improvvisamente non trovò le parole.

"Sassy." Sentì la voce profonda e dolorosamente familiare provenire dalla porta di fronte a lei.

Sbatté le palpebre, incapace di credere a quello che vedevano i suoi occhi.

"Rafe."

"A me non dici niente?" Un'altra voce, altrettanto

familiare, si materializzò accanto a Rafe, e Sassy deglutì dolorosamente.

"Ian." Sassy scosse la testa. "Cosa...cosa ci fate qui voi due?"

Avrebbe potuto giurare che tutti nel negozio avessero smesso di muoversi, smesso di respirare. Era come se sapessero che qualcosa di sbagliato fosse appena accaduto, eppure non avevano idea di cosa farci.

Nemmeno lei sapeva cosa fare.

"Siamo qui per un tatuaggio," rispose Rafe.

"E per te," aggiunse Ian.

Su quelle parole, il telefono le cadde di mano e la sua mente si svuotò completamente.

Il suo passato era tornato e stava proprio di fronte a lei, in quei volti determinati e ancora dannatamente sexy. Aveva la sensazione che non sarebbe stata in grado di far sparire Ian e Rafe, non importava cosa facesse.

Non aveva funzionato prima.

Non avrebbe funzionato neanche questa volta.

Merda.

Capitolo due

"Niente da dire, Sass?" chiese Rafe Chavez. Le sue parole trasmettevano molta più calma di quanta ne sentisse dentro in quel momento.

Ancora non riusciva a credere di essere lì in piedi accanto all'uomo che lo aveva lasciato e di fronte alla donna che aveva fatto lo stesso. Era passato un decennio, ma in quel momento, in quel negozio, sembrava fossero passati solo pochi attimi dal primo istante in cui aveva posato gli occhi su di loro.

Erano persone diverse al tempo, sicuro, ma dannazione, ora era qui ed era pronto ad affrontare qualsiasi cosa pur di far funzionare il suo piano.

Sassy sbatté le palpebre dei suoi grandi occhi color nocciola, dove già una volta si era perso senza speranza di salvezza. Le sue dita bramavano di accarezzare i riccioli castani che ricadevano sulle spalle e si arricciavano sotto il seno. Era così tipico di Sassy avere un paio di ciocche blu che spiccavano nella massa di capelli, a indicare quanto fosse una donna fuori dal comune.

"Non puoi essere qui," sussurrò lei e Rafe trattenne un'imprecazione.

Al telefono era tutta scherzi e sorrisi, ma adesso era pallida e tremante. Era a causa loro, eppure Rafe sapeva che lo avrebbe fatto di nuovo se significava fare passi avanti in quello che era il loro destino. Anche se due di loro tre non si rendevano conto che in realtà avrebbero dovuto fare la stessa cosa.

Non interruppe il contatto visivo con Sassy, ma avrebbe voluto gettare uno sguardo anche a Ian. Se stava facendo quello che pensava Rafe, allora anche Ian stava fissando Sassy, incerto su cosa fare. Rafe poteva solo immaginare l'uomo, poco più alto di lui, rivolgere a Sassy uno sguardo risoluto con i suoi penetranti occhi azzurri, i lineamenti scolpiti e i capelli nero corvino, legati indietro con un laccio di cuoio.

Rafe avrebbe voluto fantasticare ancora un po' sull'uomo al suo fianco, ma sapeva che questo non era il momento o il luogo. Ora, tutto ciò che contava era Sassy. Se l'avessero convinta a parlare con loro, forse avrebbero avuto una possibilità di ottenere ciò che lui voleva.

Dal momento che Sassy sembrava in procinto di scappar via, non aveva molta fiducia nella riuscita del piano A.

Merda.

"Sassy?" pronunciò Ian, con la sua voce dal timbro basso ma arricchito da una elegante nota acuta che Rafe aveva sempre segretamente amato.

Lei scosse la testa ancora una volta, poi spinse le spalle all'indietro. Beh, diavolo, per quanto la trovasse estremamente sexy quando si arrabbiava, avrebbe preferito che non urlasse...ed era esattamente quello che stava per fare.

"Che *diavolo* ci fate qui?" urlò infine.

Ecco. Preso in pieno.

Rafe distolse gli occhi dal suo viso e arrischiò un'occhiata alle persone che si avvicinavano dietro Sassy. La maggior parte dei tizi erano più grandi di lui e Ian, e questo era già preoccupante. Inoltre, i loro sguardi sembravano promettere morte imminente e ineluttabile.

"*Cariña*, possiamo parlare in privato?" chiese Rafe.

Sassy strinse gli occhi nel sentire quel nomignolo e il labbro si arricciò minacciosamente. "Non chiamarmi così. Non hai nessun diritto di chiamarmi così."

Lui capiva la sua rabbia, che sapeva di meritare, ma ci volle tutto il suo autocontrollo per non ricordarle che era *lei* ad aver lasciato *lui*. Ne avrebbero parlato in un secondo momento.

"Mi dispiace." Non era vero. "Siamo qui solo per parlare e farci tatuare. Non stavamo mentendo su questo."

Lei sbuffò. "Con tanti ritrovi a New Orleans, dovevi venire proprio nel mio?"

Lui sorrise nel sentire la citazione dal loro film preferito, ma poi si accigliò nel vedere la sua reazione. Nel vedere come era impallidita dopo averlo detto, si rese conto che l'aveva fatto per caso. Questo significava che, in qualche anfratto del suo animo, lei stava ancora pensando a lui, a loro.

"C'è qualcosa che non va, Sass?" chiese uno dei tizi che dal retro del negozio si stava avvicinando a Sassy. Mise una mano sulla sua spalla e Rafe dovette trattenersi dal gridargli di tenere le mani lontano la sua donna. Pensò a Ian. La *loro* donna.

Un altro uomo, questo ancora più grande del primo, si avvicinò dall'altra parte. Incrociò le braccia muscolose sopra il petto ampio e lo fissò dritto negli occhi.

Beh, cazzo, non voleva iniziare una rissa proprio lì nel negozio. Di scazzottate ne aveva avute abbastanza da adolescente e non voleva ricominciare. Inoltre, non pensava che Sassy l'avrebbe apprezzato.

"Vuoi che ci pensiamo noi a questi due?" chiese l'uomo più imponente, la voce carica di minacce.

Sassy si girò sui talloni e mise i pugni sul punto vita. "Scusami? Da quando ho bisogno di voi due per combattere le mie battaglie? Non sono una damigella in pericolo che ha bisogno del cavaliere per uccidere il drago. Sarò io a sconfiggere i miei cazzo di draghi." Si girò a guardare Rafe e Ian da sopra la spalla. "O qualunque dannata cosa siano questi due."

Il primo uomo che aveva parlato le sorrise affettuosamente. "Sass, tesoro, ci stiamo solo preoccupando per te. Sappiamo tutti che sai prenderti cura di te stessa. Questo non significa che tu debba sempre farlo da sola."

Sassy espirò sonoramente e Rafe a sua volta trattenne il respiro, per paura di quello che avrebbe detto. Sapeva che non le piaceva essere percepita come vulnerabile. Sorprenderla al negozio in compagnia di Ian era stata una mossa audace e, col senno di poi, forse non molto intelligente.

Non gli era venuto in mente niente di meglio.

"Sto bene, Shep." Lei gli diede un buffetto, poi si avvicinò all'uomo più grande. "Grazie per aver difeso il mio onore, Caliph. Ora, visto che stiamo facendo una scenata e sapete che preferisco gestire certe cose a modo mio, parlerò con questi due... diciamo gentiluomini...lontano da qui."

Rafe si trattenne dal battere il cinque, ma incrociò lo sguardo di Ian. L'uomo contrasse per un attimo le labbra, ma per il resto non sembrò reagire alle parole di Sassy.

Beh, era meglio di niente.

"Se sei sicura, Sass," brontolò Shep.

"Sono sicura. Non mi faranno del male."

Rafe sentì lo strano tono nella voce di lei e capì a cosa stesse pensando. Si erano fatti del male a vicenda per così tanto tempo, ma ora era arrivato il momento di superare certi avvenimenti. Era *necessario* farlo.

"Siamo davvero venuti qui per i tatuaggi," ripeté Rafe, cercando di alleviare un po' la tensione.

Sassy si voltò verso di loro ed alzò un sopracciglio. "Oh, non ho dubbi che fosse una delle vostre intenzioni. Ora vediamo quali sono le altre."

Con quelle parole girò intorno alla scrivania, raccolse la sua borsa e li superò con noncuranza. Aveva sempre quel suo modo sexy di oscillare i fianchi avanti e indietro mentre camminava.

Diamine, quanto gli era mancato vedere quell'andatura.

Ignorando gli sguardi truci di Shep, Caliph e gli altri nel negozio, si voltò per seguire Sassy fuori dalla porta. Udì Ian mormorare qualcosa tra sé e sé, per poi seguirli a sua volta.

"Non so chi siate voi due, ma se fate del male a Sassy, noi faremo del male a voi," disse Shep da dietro e Rafe si fermò.

Lo guardò da sopra le spalle e fece un leggero cenno. "Non vogliamo farle del male."

"Allora non fate cazzate," aggiunse Caliph.

Rafe diede un ultimo sguardo agli uomini che proteggevano Sassy, poi seguì la donna in questione fuori dalla porta e in strada. La Midnight Ink si trovava proprio su Canal Street e dal momento che si era appena fatto buio, la folla di persone in cerca di pub e ristoranti aveva riempito le strade. Dall'inizio di febbraio le temperature si erano abbassate, ma niente in confronto al freddo di New York, dove aveva vissuto negli ultimi dieci anni.

Davanti a loro Sassy si fermò e si voltò di scatto, il viso privo di espressione. "Non so perché siate qui e non ditemi che è per un tatuaggio. Tutti e tre sappiamo che anche se sareste stati capaci di farvene uno, sarebbe stato solo uno stratagemma per parlare con me. Bene, sono tutta vostra." Imprecò. "Solo per *parlare*. Non scappo dai miei problemi. Non più. Quindi noi tre andremo a casa mia e risolveremo tutto, così poi potrò tornare alla mia vita. Non mi piace lavare i panni sporchi al lavoro o in un luogo pubblico. Perché è questo quello che siete. Panni sporchi."

Mentre la maggior parte degli uomini si sarebbero offesi alle sue parole, Rafe sapeva che lui e Ian la conoscevano troppo bene. Sassy graffiava come un gattino spaventato quando veniva messa alle strette. Oh, non si sarebbe tirato indietro. Questo gattino aveva artigli affilati, ma quanto gli era mancato il modo in cui urlava e sbraitava.

Sì, probabilmente era pazzo da legare, ma non importava.

Andare a casa di lei sarebbe stata una dolce tortura, dato che non desiderava altro che abbracciarla e non lasciarla mai più. Non era un animale, almeno non proprio, quindi avrebbe evitato di fare qualcosa di stupido come prostrarsi ai suoi piedi e implorare perdono.

Tuttavia, era un buon piano di riserva.

"Mi sembra un'idea ragionevole," si intromise Ian, con la sua voce liscia come una coperta di velluto. Quell'uomo era come il ghiaccio, gelido e curiosamente seducente per gli altri, ma Rafe sapeva che era in grado di sciogliersi in un instante per rivelare la passione della quale lui e Sassy si erano innamorati.

Rafe non solo doveva rimettere insieme i cocci di quello che si era rotto tra lui e Sassy, ma doveva anche recuperare la connessione che una volta aveva con Ian.

Aveva perso così tanto dieci anni fa e preferiva morire piuttosto che rinunciare a riaverlo.

"Certo che è ragionevole," proferì Sassy. "È una *mia* idea." Chiuse gli occhi e si massaggiò le tempie. Rafe si dovette trattenere dal bisogno di massaggiargliele lui stesso. "Devo smetterla di reagire così. Siamo adulti e invece sembro una dannata adolescente che frigna tutto il tempo." Alzò le spalle. "Mettiamo fine a questa storia."

"Hai guidato fino a qui?" chiese Rafe. Sebbene lui e Ian avessero abbastanza soldi per assumere investigatori privati e ottenere tutte le informazioni su Sassy in un attimo, non lo avevano fatto. Volevano saperne di più sulla donna di fronte a loro in modo onesto ed essere su un piano di parità.

Anche se quando si parlava di Sassy, era sempre

lei ad avere il coltello dalla parte del manico, ma quello era un altro discorso.

Lei scosse la testa alla domanda di Ian. "Ho camminato. Vivo qui vicino e se è troppo tardi quando esco, uno dei ragazzi del negozio mi accompagna a casa."

Rafe digrignò i denti. Per quanto fosse contento che Sassy non camminasse da sola a tarda notte, non gli piaceva sentire parlare di altri uomini. Anche se erano dieci anni che non poteva definirla la sua donna, questo non significava che apprezzasse le presenze maschili nella vita di Sassy.

Dannazione. Doveva smettere di comportarsi come un uomo delle caverne.

Dato che erano arrivati insieme con l'auto di Ian, Rafe lasciò che decidesse lui cosa fare.

"Lasceremo la nostra auto qui nel parcheggio, se è sicuro," disse Ian.

Sassy scrollò le spalle. "Se l'hai parcheggiata dietro alla Midnight nell'area recintata, puoi stare tranquillo. Ho le chiavi e posso riportarti alla tua auto se chiudono prima che ve ne andiate." Strinse gli occhi. "Anche se non penso che ci vorrà tutto questo tempo. Andiamo allora. Da questa parte."

Camminarono i due isolati fino a casa sua in silenzio. La tensione aumentava a ogni passo, ma a Rafe non importava. Una volta che avessero superato la prima parte, sarebbe stato in grado di respirare di nuovo.

Dio, gli erano mancati così tanto.

Non che lo avrebbe mai ammesso, se non davanti alle due persone che aveva ora al suo fianco. Dopotutto era Rafe Chavez, meccanico cazzuto e uomo d'affari. Una volta era stato Rafe Chavez, cazzuto studente che abbandona la scuola, ma i tempi erano cambiati anche per lui. Invece di modificare illegalmente le auto come aveva fatto in gioventù, ora le riparava e restaurava quelle d'epoca su richiesta. Era dannatamente bravo nel suo lavoro e lo sapevano tutti. Ora possedeva tre negozi, due a New York, e uno proprio qui a New Orleans, dove era cresciuto.

Si era realizzato nella vita lavorativa.

Ma così facendo, aveva perso ciò che contava.

Adesso aveva la possibilità di cambiare anche questo. Dopotutto, si era fatto da solo e ora aveva l'opportunità di costruire anche il suo futuro.

Finalmente erano saliti fino all'appartamentino di Sassy. Considerando dove era cresciuta, questo posto era piccolo al confronto, ma sicuramente si adattava alla donna di fronte a lui.

Da quello che poteva vedere dall'ingresso, c'era una zona giorno, una grande cucina e due camere da letto. Ogni singolo bancone e scaffale aveva qualcosa sopra. Colori diversi esplodevano da tessuti, tappeti e bottigliette di vetro. Sarebbe stato eccessivo se il proprietario fosse stato chiunque altro che Sassy. Le piante erano disseminate dappertutto ed erano vive e rigogliose, molte in piena fioritura. Ninnoli di tutti i tipi riempivano i pochi spazi nel mezzo e tuttavia ciò che Rafe notò immediatamente fu l'assenza di foto personali.

Non un solo scatto dei suoi amici, presenti o passati.

Questo doveva significare qualcosa...ma ci avrebbe pensato più tardi.

Sassy mise giù la sua borsa e affondò nel suo divano. "I miei piedi sono doloranti, ho i muscoli indolenziti dalla lezione di yoga di stamattina e avete visto gli amici scorbutici con cui dovrò fare i conti più tardi al negozio, quindi facciamola finita."

Rafe trattenne un sorriso alla parola *amici*. Un punto per lui e Ian. Adesso era meglio rimuovere l'immagine di Sassy che faceva yoga. Non sarebbe stato opportuno parlare di cose serie con un'erezione in corso.

"Ti trovo bene, Sass," disse Rafe mentre infilava le mani nelle tasche dei jeans. Ian aveva indossato giacca e cravatta, mostrandosi per il miliardario che era, ma a Rafe piaceva la sensazione del jeans consumato. Inoltre, era così che Sassy lo aveva sempre visto, quindi non aveva intenzione di tradire i suoi ricordi.

Lei sorrise dolcemente, anche se gli occhi erano tristi. "Anche voi state bene." Si portò le mani al viso e le sfuggì un lamento. "Gesù, che ci fate qui? Che ci *facciamo* qui?"

Raph fece un cenno a Ian, che sbottonò la giacca e si sedette sul divano accanto a lei. Era tutto ghiaccio e potenza sotto controllo, mentre Rafe era fuoco e passione intensa. Sassy era una miscela dei due, con l'energia nevrotica necessaria per gestirli entrambi.

Questo è ciò che amava di loro tre, e ciò che pregava sarebbero stati di nuovo.

Rafe si sedette sul tavolino di fronte a lei. Essenzialmente la stavano stringendo su due lati, ma lasciandole una possibile via di fuga dal terzo lato.

"Ci sei mancata, Sass. No, non urlare. Per favore. Non ancora almeno. Parlo al plurale in questo momento perché so che anche Ian ha provato lo stesso, ma tesoro, *cariña*, devi saperlo. Ci sei mancata negli ultimi dieci anni. Non è passato un giorno che non abbia pensato a te e Ian." Sorrise all'uomo che aveva tormentato i suoi sogni insieme alla donna di fronte a lui. "Le cose sono finite così male tanti anni fa che non ho mai pensato che avremmo avuto la possibilità di rimediare ma, Sassy, possiamo."

Lei scosse la testa, le ciocche blu che si agitavano selvaggiamente tra i capelli. "No. Cosa eravamo? Era fantastico quando eravamo più giovani. Una cosa a tre funziona solo quando le stelle sono favorevoli e alla gente non frega un cazzo di quello che dicono gli altri." Guardò Ian con un sorriso triste, poi Rafe. "Avevate così tanto da perdere se avessimo continuato e, francamente, abbiamo provato a farlo funzionare, ma non era abbastanza. Eravamo ragazzini che volevano divertirsi, ma ora siamo adulti e abbiamo bisogno di voltare pagina."

Faceva male sentire le bugie che uscivano dalla sua bocca, ma Rafe mantenne un'espressione neutra. Mentiva a loro quanto a se stessa. Sassy doveva sapere che non erano così ingenui.

"Siamo adulti, certo, ma questo significa che sappiamo quello che vogliamo." Indicò Ian con un gesto del capo. "Lascerò che Ian parli dei suoi sentimenti e io parlerò dei miei. Eravamo ragazzini, è vero. Eravamo tre amici da tre diversi percorsi di vita e ci siamo innamorati. Non mentirmi su questo. Sì, abbiamo scopato, fatto l'amore ed è stato il miglior sesso della mia vita, ma ci amavamo anche. Qualsiasi cosa facciamo d'ora in poi, non negare l'amore. Non sarebbe ancora così doloroso se non avesse significato *tutto* al tempo."

"Sassy, tutti noi abbiamo fatto delle scelte che rimpiangiamo," disse Ian. "Il mio rimorso più grande è che, anche se non sono stato il primo ad andarmene fisicamente, sono stato io a prendere le distanze emotivamente."

Rafe inspirò profondamente, sbalordito dalla confessione di Ian. A quanto pareva, l'uomo che in gioventù non aveva mai mostrato una sola debolezza era cresciuto.

Grazie a Dio.

Sassy grugnì e si alzò in piedi di scatto. "No. Non provateci. Anche se sono stata io ad andarmene, è stato solo perché voi mi avevate già lasciato."

Le lacrime le scorrevano sul viso e Rafe si alzò,

incapace di trattenersi oltre. Le asciugò le guance e lei si scostò bruscamente.

"No," sussurrò.

"Non ho mai voluto lasciarti, Sass. Non importa cosa pensi, non ti ho mai lasciato." Si sarebbe occupato di Ian a breve, ma in quel momento lei doveva sapere cosa provava. Con dolcezza le prese il viso tra le mani e con il cuore in gola si chinò su di lei. Le sue labbra sfiorarono delicatamente quelle di lei, mentre si abbandonava ai ricordi di quello che erano stati.

Sassy sapeva di zucchero e spezie, e lui la desiderava ora più di quanto non avesse mai fatto prima. Lei si allontanò di nuovo e tirò su col naso.

"Dovete andarvene. Tutti e due. Mi...mi dispiace di avervi lasciato e di aver rovinato tutto, ma ormai è passato. Ho voltato pagina e so che anche voi due dovete aver fatto lo stesso. Per favore. Lasciatemi vivere la mia vita senza di voi. L'ho fatto per dieci anni, posso farlo ancora."

Ian si alzò e si sedette dalla loro parte. "Ti lasceremo in pace stasera." Rafe aprì la bocca per parlare ma Ian scosse la testa. "No, andiamocene, Rafe. Sassy ne ha passate abbastanza stasera. È stato uno shock vederci. Tuttavia, cara Sassy, *torneremo*. Se vuoi rivederci prima di allora, siamo nel mio vecchio appartamento."

Sassy rimase a bocca aperta. "Tu...sei tornato?"

Ian sorrise, ma non era cortesia, quanto una promessa determinata. "Rafe e io siamo tornati entrambi a New Orleans, per sempre. Avevamo le nostre ragioni per andarcene e siamo stati separati gli uni dagli altri ancora più a lungo, ma ora? Ora siamo a casa e ti vogliamo con noi. Fai con calma. Pensaci. Ma sappi che non è finita qui."

Con quelle parole, Ian posò un bacio leggero sulle labbra di Sassy e si diresse verso la porta. Rafe le afferrò il mento e la costrinse a guardarlo negli occhi.

"So che fa male, ma dobbiamo parlare e stasera ci siamo scambiati solo poche parole e qualche lacrima. Mi sei mancata, mia *cariña*. Non scappare. Sai che ti seguirò dovunque."

La baciò ancora una volta poi seguì Ian fuori, lasciandosi alle spalle una Sassy completamente stordita. Non era andata bene come aveva sperato, ma aveva ottenuto molto più di quanto si aspettasse.

Le fondamenta erano state gettate, ed era tempo di vedere cosa sarebbe successo. Era tornato a New Orleans per sempre e, se avesse potuto decidere in proposito, quel sempre avrebbe incluso Ian e Sassy.

Rafe li aveva persi già una volta...non voleva che accadesse di nuovo.

Capitolo tre

"Gesù, non posso credere che l'abbiamo fatto," borbottò di nuovo Ian Steele mentre beveva un sorso del suo caffè. Aveva dormito di merda la sera prima e l'adrenalina dell'incontro con Sassy stava svanendo, perciò il suo corpo aveva bisogno dell'energia extra della caffeina.

Lui e Rafe erano tornati a casa di Ian dopo aver lasciato una fragile Sassy a trovare da sola la sua forza, o almeno questo era quello che sperava. Rafe aveva un posto suo in città, ma entrambi gli uomini concordavano sul fatto che avevano bisogno di restare insieme per capire non solo quello che c'era stato in passato, ma anche chi fossero ora.

Rafe aveva dormito nella stanza degli ospiti, nessuno dei due pronto per qualcosa di diverso, legati dal tacito accordo che prima di tutto doveva tornare da loro anche Sassy.

"Sai, è la decima volta che lo dici da quando abbiamo lasciato casa sua ieri sera," disse Rafe mentre si sedeva sullo sgabello accanto a lui.

"Continuerò a dirlo finché non mi abituerò all'idea." Trangugiò il resto del suo caffè, ormai freddo a forza di stare seduto a pensare, e si alzò a prendere un'altra tazza. Era un accanito consumatore di quell'elisir nero quando era a lavoro, quindi sapeva che oggi avrebbe avuto bisogno di una congrua quantità.

Ian guardò l'uomo che una volta era stato il suo migliore amico, amante e potenziale compagno di vita, e sospirò. Non aveva idea di come fosse finito qui, ma dannazione, era bello.

O almeno lo sarebbe stato quando le cose fossero andate per il verso giusto.

Se fossero andate per il verso giusto.

Rafe gli sorrise, quel sorriso che non aveva perso un grammo del fascino che esercitava da giovane. L'uomo aveva un tatuaggio a manica che sembrava più audace di quello di Sassy. Entrambi i set di tatuaggi erano una novità per lui. L'ultima volta che aveva visto Sassy e Rafe, i due avevano soltanto un po' di tatuaggi sulla spalla e sulla schiena.

Il tempo passò e l'inchiostro aumentò.

Ian aveva a sua volta un soggetto che copriva l'intera schiena, ma l'aveva fatto dopo aver lasciato Rafe e Sassy. Loro non avevano ancora visto il suo tatuaggio e, per qualche motivo, la cosa lo rendeva nervoso. Raccontava a se stesso che rappresentava la volontà di voltare pagina, ma col senno di poi capì di averlo fatto per non dimenticare mai le persone che si era lasciato alle spalle.

Rafe si alzò e lo raggiunse alle spalle, attento a non toccarlo, e Ian sentì una fitta al cuore nel sentirlo vicino. Per quanto i due avessero costruito una piacevole routine da quando erano tornati a New Orleans, era passato così tanto tempo da quando si erano visti che la barriera tra loro sembrava insormontabile.

Erano così dannatamente giovani quando si erano incontrati, che il pensiero di gestire una relazione nuova ed eccitante li aveva resi solo più sfrontati. A venticinque anni, con il mondo ai suoi piedi grazie alla sua famiglia, credeva di essere invincibile.

Si era innamorato di Sassy, una donna brillante e impetuosa che nascondeva segreti ancora mai svelati, e di Rafe, un uomo proveniente da un mondo diverso dal suo da ogni punto di vista.

Se Ian era abituato a ricchezza ed eleganza, Rafe era stato in riformatorio da bambino, anche se aveva avuto una famiglia più amorevole di quella di Ian. Si erano conosciuti quando Ian si era trovato con una gomma a terra e per qualche motivo non ne aveva una di ricambio nel bagagliaio. Non si era mai sentito così idiota come in quel momento. Sua madre, in seguito, aveva confessato di aver preso in prestito la sua auto e forato una gomma, senza farglielo sapere.

L'aveva perdonata in fretta perché quel giorno aveva incontrato Rafe. Avevano stretto amicizia, e quando era entrato nel negozio di tatuaggi e aveva visto Sassy alla reception, era rimasto senza parole. Lui e Rafe volevano davvero farsi tatuare quando entrarono alla Midnight Ink. Non era stata una bugia. Era un motivo per andare in quel posto, ma non quello principale.

Rafe si era presentato nell'ufficio di Ian a New York dopo dieci anni in cui non si erano visti o parlati, lasciandolo di sasso dalla sorpresa. Di recente Ian aveva pensato a Rafe e Sassy più del solito, perché aveva intenzione di tornare a vivere a New Orleans. Rafe era venuto con la proposta di provare a riconquistare Sassy.

Non aveva trovato un solo motivo per dirgli di no.

Al contrario, aveva dovuto trattenersi dal lasciare la sua costosa scrivania e sbattere Rafe contro il muro, rendendo indimenticabile il loro nuovo incontro.

Sapeva che c'era voluto molto coraggio da parte di Rafe per tornare da lui dopo tanto tempo, ma Ian aveva la sensazione che se non fosse stato l'altro uomo a venire da lui, Ian stesso avrebbe scovato Rafe a New Orleans una volta trasferitosi, in modo da poter trovare Sassy.

Era passato fin troppo tempo.

Da giovani loro tre erano stati inseparabili ed erano finiti a letto insieme in un battibaleno. Solo molto tempo dopo aveva realizzato che quello che stavano facendo era inaudito per la maggior parte delle persone. Avevano semplicemente colto quell'attimo. Lui e Rafe erano sempre stati bisessuali, anche se entrambi preferivano le donne, perciò stare insieme loro due e Sassy era sembrata la cosa più naturale del mondo.

Al tempo non sembrava esserci nulla di sbagliato.

Non *c'era* nulla di sbagliato.

Ian, però, era stato un fottuto idiota e aveva lasciato che i ripensamenti su quello che stavano facendo prendessero il sopravvento su tutto. Aveva lasciato che i suoi stessi pregiudizi e quelli della sua famiglia lo allontanassero emotivamente dalla relazione che era stata una delle poche gioie della sua vita.

È vero che erano giovani, ma avevano fatto la cosa giusta.

E lui l'aveva rovinata.

Rafe gli prese il viso tra le mani e si voltò verso di lui, in modo che fossero in piedi petto contro petto. Anche se entrambi indossavano pantaloni e maglietta, Ian poteva sentire il calore che si irradiava dal corpo dell'altro uomo. Erano praticamente della stessa altezza, Rafe poco più basso di lui. Ciò significava che Ian poteva fissare quegli occhi color miele e perdersi in loro completamente.

Non si era mai considerato un romantico. No, quello era sempre stato Rafe. Rafe con il suo calore e un sorriso per tutti quelli che amava, nonostante l'aria da duro che esibiva come arma di difesa.

Ian, d'altra parte, era sempre stato freddo e distaccato. Era così che era stato cresciuto dalla sua famiglia. Era l'unico erede dello Steele Empire e aveva i miliardi per dimostrarlo. Non aveva nemmeno bisogno di lavorare e avrebbe potuto delegare tutto al Consiglio, ma gli piaceva essere al comando e avere il potere decisionale su come accrescere il patrimonio.

"Dove sei, *mi corazón?*" chiese Rafe, con la sua voce roca e sexy che Ian aveva già amato una volta e stava iniziando ad amare di nuovo.

Ian sospirò e appoggiò la fronte su quella di Rafe, cercando il conforto del contatto fisico anche se non era pronto per il passo successivo.

"Pensavo al passato e a cosa diavolo stiamo facendo ora."

Rafe tirò via le mani e avvolse le braccia intorno alla vita di Ian. Ian esitò solo un attimo prima di fare lo stesso. Appoggiò la testa sulla spalla di Rafe, aspirando quel profumo speziato che per lui era sempre stato come una droga pericolosa.

"Sono state due settimane strane, questo è sicuro," borbottò Rafe nell'orecchio di Ian e Ian non riuscì a trattenere un sorriso.

"Che diavolo stiamo facendo?" chiese Ian mentre si tirava indietro e si appoggiava al bancone.

Rafe fece un respiro profondo e scosse la testa. "Pensavo che avessimo risolto questo dubbio prima di andare a vedere Sassy."

"Allora parliamone di nuovo, perché abbiamo

appena distrutto il suo mondo di pace e mi sento uno stronzo al riguardo."

Rafe strinse gli occhi. "Non sono andato lì da solo però. Sono stato io a riprendere i contatti, ma tu eri lì al mio fianco."

Ian si passò una mano tra i capelli e sospirò. Aveva bisogno di un dannato taglio di capelli, ma la preoccupazione per quello che stava per fare della sua vita glielo aveva fatto dimenticare. Inoltre, sapeva che a Sassy e Rafe piacevano lunghi.

"Sono passati dieci anni, Rafe. Ci trasferimmo entrambi a New York quando Sassy ci lasciò, eppure per tutto quel tempo non ci siamo mai parlati. Come mai?"

Rafe si appoggiò contro l'altro bancone e piegò le braccia sul suo enorme petto muscoloso. Dannazione, aveva bisogno di smettere di pensare con il cazzo e iniziare a pensare col cervello, o sarebbe stato nei guai.

Un'altra volta.

"Neanche tu mi hai mai cercato, Ian. Volevamo tagliare i ponti quando Sassy se ne andò, anche se tu ci avevi lasciati molto prima."

Ian ignorò la fitta al cuore, dal momento che Rafe non stava dicendo nulla che non sapesse già.

"Io...non sai quanto mi dispiace di aver creato un muro tra noi tre," disse infine Ian dopo un momento di silenzio teso.

Rafe spalancò gli occhi. "Non avrei mai pensato di sentirtelo dire."

"Cosa? Pensi che non mi dispiaccia? O credi che non sappia ammettere quando faccio degli errori? Lo so, mi sono comportato come se fossi fottutamente migliore di voi due, come se mi vergognassi di quello che avevamo. Perché, cazzo, mi vergognavo eccome."

Rafe sembrava uno che aveva appena preso un pugno nello stomaco e Ian imprecò. Accidenti a lui e alla sua boccaccia per aver parlato senza riflettere.

"Merda, non intendevo dire questo."

Rafe alzò una mano. "L'hai detto, e tu non dici mai cose che non pensi, in un modo o nell'altro. Sei un pezzo di ghiaccio, Ian. Lo sappiamo entrambi."

Ian si passò una mano tra i capelli in uno scatto nervoso. "Cazzo. Sì, mi vergognavo di quello che eravamo, ma non perché fosse sbagliato. Ascoltami. Sai che un rapporto a tre nella vita reale è una cosa mai sentita. La gente non la considera una relazione legittima. La vedono come qualcosa di puramente sessuale e, perfino in quel caso, da discutere solo a porte chiuse, mai pubblicamente. La gente non capisce che sono coinvolti sentimenti reali, o almeno così era per noi."

"E quando dici gente, intendi la tua famiglia," disse seccamente Rafe.

Ian fece una smorfia.

"Sì, loro e chiunque altro nella mia vita a parte noi tre. Sono stato un fottuto idiota e lo sappiamo entrambi. Anche Sassy lo sa. Gesù, se potessi tornare indietro nel tempo e sistemare tutto, lo farei. Vi ho feriti entrambi perché ero troppo spaventato per capire cosa diavolo provassi e affrontarlo. Ma vi amavo entrambi, devi credermi."

Diamine, non l'aveva mai detto così apertamente, ma d'ora in poi non si sarebbe più trattenuto come in passato. O almeno sperava di no.

L'espressione di Rafe si ammorbidì un po' ma non sorrise. Ian già sentiva la mancanza di quel sorriso, il che voleva dire che era già coinvolto fino al collo. Gli importava? Non lo sapeva.

"Inoltre, Rafe, dieci anni fa perfino avere una relazione solo con te sarebbe stato motivo di scandalo nel mondo in cui sono cresciuto. In questo senso le cose sono cambiate in meglio negli ultimi dieci anni, ma al tempo non avevo il coraggio necessario per essere onesto con me stesso e verso voi due. Mi dispiace, Rafe, mi dispiace così tanto di averi ferito fingendo di essere migliore di quello che eravamo e tirandomi indietro. Mi dispiace di non aver mai presentato te o Sassy alla mia famiglia e agli amici di quella cerchia. L'unica volta in cui mi sono mai davvero vergognato in vita mia non è stato a causa di quello che eravamo, ma di come ho gestito la cosa."

Rafe chiuse gli occhi, il suo corpo era teso e immobile. Ian si chiese se non avesse detto troppo. Dal momento in cui Rafe era venuto nel suo ufficio a

New York per parlare del loro futuro, aveva subito intuito che le cose sarebbero state più che difficili.

Poteva solo pregare che ne valesse la pena.

Doveva valerne la pena.

"Ancora una volta, mi lasci senza fiato," sussurrò Rafe. "Avresti dovuto parlare con Sassy e me al tempo. Lo sai tu. Lo so io. E sono abbastanza sicuro che anche Sassy lo sappia. Eravamo più forti insieme di quanto non siamo mai stati da separati. Sassy si è spaventata quando hai preso le distanze e ci ha lasciati prima che potessimo farle del male. Ma sai, la verità è che l'abbiamo ferita lo stesso. Anche se io sono stato lasciato da entrambi, ho comunque commesso la mia parte di errori. Non ho mai combattuto per te, non ho mai combattuto per Sassy. Ho lasciato che tutto accadesse e sono fuggito a New York con la coda tra le gambe. Non sapevo cosa cazzo volessi dalla vita, quindi ho colto l'occasione e sono scappato."

Ian prese il volto di Rafe tra le mani, spaventato di aver preso l'iniziativa questa volta. Era sempre stato quello dominante in passato, ma era trascorso molto tempo e non sapeva più come stavano le cose. Ci sarebbero voluti un sacco di tentativi ed errori per trovare un nuovo equilibrio fra loro tre.

Ian era stranamente incuriosito da come una cosa del genere avrebbe potuto funzionare.

"Siamo due ruderi pieni di sensi di colpa, vero?" chiese Ian, con voce rauca. "Che diavolo stiamo facendo, Rafe?" chiese di nuovo.

"Stiamo cercando di costruire un futuro," rispose Rafe dopo un momento. "Eravamo giovani quando ci siamo trovati per poi perderci di nuovo. Ora siamo più vecchi e si spera più saggi, Ian. Ognuno di noi ha la propria vita, tu con i tuoi affari, io con le officine e Sassy con la famiglia che sembra essersi costruita. Dovremo capire come inserirci l'uno nel mondo dell'altro, mentre continuiamo a occuparci delle nostre cose."

"Sono venuto a New Orleans per crearmi una nuova vita," disse Ian. "Sono cresciuto qui e a New York perché era dove i miei genitori possedevano case. Ho fatto di New York la mia casa quando me ne sono andato perché credevo fosse il posto migliore dove fare affari...e poi non potevo restare qui dopo quello che era successo."

"Ho sempre avuto la mia famiglia qui, ma sono tornato una volta per tutte perché sono stanco di scappare. Stanco di cercare di accontentarmi quando sapevo che una volta avevo avuto di meglio." Rafe sorrise. "Inoltre, mia madre vuole dei nipotini e vuole averli vicini, quindi tornare a casa è stata la cosa giusta da fare."

Ian emise un suono strozzato. "Nipotini?" Cristo. Erano a quel livello? Non aveva scambiato che poche parole con Sassy e non erano state le scuse sincere che si sarebbe meritata.

Rafe gettò la testa all'indietro e rise. "Tutte le madri, specialmente *mia* madre, desiderano avere dei nipoti più di ogni altra cosa. Sappiamo entrambi che non siamo neanche lontanamente pronti a pensarci. Anche se, a dire il vero, non stiamo diventando giovani." Pronunciò l'ultima frase con un sorriso malvagio sul volto e Ian alzò gli occhi.

"Facciamo una cosa alla volta, che ne dici?" Si allontanò dal bancone e tornò al suo sgabello. Rafe lo seguì dopo aver versato altro caffè per entrambi.

"Merda, avevo dimenticato di essermi alzato per prendere il caffè. Grazie." Afferrò la tazza e ne bevve un sorso. "A questo punto la mia testa non sembra più saldamente attaccata alle mie spalle."

"Sei adorabile quando ti agiti," disse Rafe facendo gli occhi dolci.

Il caffè che Ian aveva appena bevuto prese il verso sbagliato e iniziò a tossire, con le lacrime agli occhi. "Per favore, non farlo mai più," rise, asciugando quel disastro con un canovaccio.

"Tu sai di amarmi," disse Rafe, per poi chiudere la bocca di scatto temendo di aver detto troppo.

Ian mise giù il caffè e il panno, poi si fermò di nuovo vicino a Rafe. Allargò le gambe e Ian scivolò tra di loro per essergli vicino. Sentì alzarsi i peli sulle braccia mentre il calore e la tensione nella stanza aumentavano, ma ignorò quella sensazione, concentrandosi esclusivamente su Rafe.

Passò un dito sulla guancia barbuta di Rafe per poi accarezzare la testa dell'altro uomo, passando le dita tra i capelli corti.

"È vero, sai. Che ti amo. Non ho mai smesso di farlo. Non esattamente. Amavo l'uomo che eri e, da quello che ho visto, amo quello che sei ora. So già che, una volta scoperto chi siamo diventati, mi innamorerò di te ancora di più."

Si leccò le labbra, spaventato a morte per come si era appena dichiarato apertamente a Rafe. Non aveva mai parlato così prima d'allora. Aveva avuto troppa paura di ciò che stava succedendo per essere onesto non solo con se stesso, ma anche con coloro che lo circondavano.

Ma adesso le cose erano diverse. Se avesse dovuto fare un salto nel buio, allora lo avrebbe fatto alle sue condizioni e ci avrebbe messo tutto se stesso.

Non poteva più tornare indietro stavolta.

Vide Rafe muovere la gola come se stesse inghiottendo a fatica. Non era sicuro che Rafe fosse pronto per ascoltare quelle parole, anche se era stato proprio lui a iniziare quel nuovo capitolo, e decise di dare all'uomo un po' di pace.

O almeno tutta la pace che poteva concedere.

Gli occhi di Rafe si incupirono, il suo respiro si fece più rapido mentre Ian abbassava la testa. Le loro labbra si sfiorarono e Ian gemette, dopo aver sentito per tanto tempo la mancanza della bocca dell'altro contro la sua. Leccò il contorno delle labbra di Rafe e il suo amante le aprì per lui, gemendo a sua volta. Ian rese il bacio più profondo, le loro lingue si incontrarono mescolando i sapori nelle loro bocche. Si tirò leggermente indietro per mordicchiare le labbra di Rafe, per poi lenire il morso con la sua lingua e tornare a baciare l'uomo che aveva desiderato da quando era entrato nel suo ufficio di New York con il suo piano.

Afferrò il volto di Rafe per avvicinarlo a sé. Le cosce di Rafe si strinsero intorno alla vita di Ian, costringendolo a sollevare leggermente i fianchi verso quel contatto. Rafe tirò indietro la testa con un gemito e Ian trascinò le labbra lungo il collo dell'altro uomo, chiedendo, implorando di avere di più.

Le mani di Rafe afferrarono il sedere di Ian e lui si mosse sempre più forte, con il pene duro che premeva contro i pantaloni e strusciava contro lo stomaco di Rafe.

Sebbene in passato avessero sperimentato di tutto insieme, Ian sapeva che stavano andando troppo veloce in quel momento. Avevano bisogno di Sassy per essere completi ed entrambi volevano aspettare. A malincuore si allontanò, appoggiando la fronte contro quella di Rafe.

Entrambi respiravano affannosamente, e Ian dovette chiudere gli occhi per un momento per ricomporsi. Dio, gli era mancato il sapore di Rafe, come gli erano mancati i baci che erano sempre più irruenti di quanto non fossero quando c'era anche Sassy. Gli piaceva in entrambi i modi, e quando erano tutti e tre insieme il piacere era sempre così esplosivo da essere quasi insostenibile per Ian.

"Wow...mi è mancato così tanto."

Ian aprì gli occhi e si tirò indietro, volgendosi al suono dell'amata voce che non apparteneva a Rafe.

"Sassy..." sussurrò, incapace di comprendere ciò aveva di fronte.

Lei gli rivolse un piccolo sorriso, le mani giunte, una posa pudica così insolita per Sassy da farlo sussultare. Rafe si mise di fianco a Ian, quasi facendolo cadere nella foga. Ian si spostò leggermente per fargli spazio, ma in modo che i loro fianchi si toccassero ancora.

"Mi dispiace. Mi sono permessa di entrare. Il tuo portiere sembrava ricordarsi di me e mi ha fatta salire."

Ian batté le palpebre. Aveva uno degli appartamenti più belli di New Orleans e il portiere lavorava per la sua famiglia da oltre vent'anni. Certo che l'uomo si ricordava di Sassy.

Nessuno poteva dimenticarsi di Sassy.

Ian fece un respiro profondo e annuì. "Non essere dispiaciuta. Sono felice che ti abbia fatto entrare." Poteva sentire il rossore salirgli alle guance al pensiero di quello che lei aveva visto entrando. Aveva detto che le era mancato, ma si sentiva esclusa?

"Non fare quella faccia, Ian. Neanche tu, Rafe. Non sono mai stata gelosa di quello che accadeva tra di voi. Proprio come voi due non siete mai stati gelosi di ciò l'altro condivideva con me. Dio, ragazzi. Quello che avete appena fatto? Quel bacio dolce ma dannatamente sexy? Ha significato *tutto* per me. All'inizio voi due eravate così trattenuti l'uno con l'altro, e mi è sempre dispiaciuto che accadesse. Ma vedervi baciare, e sentirne il calore, mi fa sentire come se essere qui sia la cosa giusta da fare."

Ian sbatté le palpebre e poi girò intorno al bancone per andarle vicino. Sentiva Rafe alle calcagna e gli piaceva avere dalla sua parte la forza intrinseca dell'uomo, forza che Ian non sentiva di possedere in quel momento.

"Cosa stai dicendo?" chiese Rafe.

Lei guardò entrambi e fece un respiro profondo. "Sto dicendo che sono disposta a smettere di fuggire dal nostro passato. Non sto dicendo che sono pronta a impegnarmi come voi mi state chiedendo, ma sono disposta a prendere le cose un giorno per volta."

Ian venne pervaso da un sollievo così grande che quasi cadde in ginocchio.

Rafe fece un passo avanti e Ian stava per imitarlo, ma Sassy alzò la mano. "Datemi due settimane."

"Cosa?" chiese l'uomo.

"Due settimane in cui ci vedremo per un caffè e forse per una cena. Due settimane per scoprire chi siamo ora. Non so nemmeno cosa facciate voi due per lavoro. Non esattamente. Concedetemi due settimane in cui non ci tocchiamo e baciamo, insomma non ci facciamo trascinare dall'eccitazione che sentiamo tutti. Voglio assicurarmi che ci piacciamo davvero per le persone che siamo adesso, piuttosto che per chi eravamo una volta."

Ian annuì, gli piaceva l'idea. Le cose stavano già andando troppo velocemente. Gli piaceva pianificare e avere tutti gli elementi a disposizione prima di prendere una decisione. Anche se gli sembrava che il suo cuore avesse già deciso, avere del tempo per pensare gli avrebbe fatto bene.

"Tutto quello che vuoi, Sass," sussurrò Rafe. "Però ascoltaci."

Lei sorrise incerta, poi spinse le spalle indietro. "Spero che voi due sappiate in cosa vi state cacciando. Dopo tutto, io sono la *famosa* Sassy."

Rafe sbuffò. "C'è una storia dietro, vero?"

Il sorriso di Sassy si aprì del tutto e Ian si sentì di nuovo le ginocchia deboli. "Certo che c'è. È solo una delle molte cose che ancora non sapete di me."

Non era sicuro che avrebbe mai scoperto ogni sfumatura di questa donna, neppure in cent'anni, ma sapeva che avrebbe fatto tutto quanto in suo potere per realizzare quel sogno.

Questa era la loro seconda occasione e non aveva intenzione di sprecarla.

Capitolo quattro

Cos'erano due settimane di celibato rispetto ai mesi in cui era stata senza sesso prima di tutto questo?

Sassy gemette e batté la testa contro il muro. Beh, considerato che quando non era al negozio aveva passato le ultime due settimane appiccicata a Rafe e Ian, la mancanza di sesso avrebbe potuto ucciderla. Non aveva fatto sesso con loro per dieci anni, che problema erano due settimane in più?

Okay, non averli vicino per quei dieci anni lo aveva reso decisamente più facile, ma comunque era ormai una donna adulta, in grado di gestire i propri impulsi.

A malapena.

Era una donna moderna e sicura di sé, che non si faceva nessun problema a darsi piacere quando ne sentiva il bisogno. Era solo una coincidenza che Rafe e Ian fossero al centro delle sue perverse fantasie, quando coperta di sudore lasciava scivolare la mano tra le gambe.

Dannazione, doveva smettere di pensare al sesso e a tutto ciò che comportava. I suoi capezzoli erano costantemente duri, ed era abbastanza sicura che le sue ginocchia avrebbero ceduto al solo pensiero di essere toccata da uno dei due uomini.

Non era una scolaretta smidollata e non avrebbe permesso a se stessa di diventarlo.

Erano passate due settimane da quando aveva sorpreso Ian e Rafe in cucina, mentre pomiciavano come se non ci fosse un domani...

No, non doveva pensare al modo in cui quei due stavano avvinghiati in preda all'eccitazione. Doveva mantenere un minimo di lucidità all'arrivo dei due uomini. Se l'avessero trovata scomposta e accaldata, i due avrebbero capito al volo.

Come avevano sempre fatto.

Erano state due settimane di caffè, cene e pranzi improvvisati con Rafe e Ian. Aveva preso un caffè con Ian, era stata a cena con Rafe ed era uscita con entrambi più di una volta. Le piaceva che stessero imparando a conoscersi sia a quattr'occhi che tutti e tre insieme. Inoltre, capiva che anche Rafe e Ian volessero passare del tempo da soli. Erano sempre uniti loro tre, anche quando si relazionavano individualmente.

Le era piaciuto imparare a conoscere gli uomini che erano diventati, sebbene a un certo punto avrebbero dovuto di nuovo scavare nel passato. Se questo, qualunque cosa *questo* fosse, avesse funzionato, avrebbero dovuto superare quelle barriere.

Barriere che anche lei aveva contribuito a innalzare tanti anni prima.

I colpi alla porta la distrassero dai suoi pensieri e scosse la testa per riprendersi. Dopo aver disteso le pieghe del vestito, aprì la porta d'ingresso.

La scintilla che attraversava il suo corpo ogni volta che li vedeva non cessava mai di stupirla.

Stavano di fronte a lei fianco a fianco, con sguardi ombrosi e carichi di desiderio. Ian aveva lasciato i capelli sciolti, le ciocche nere gli sfioravano le spalle e imploravano di essere accarezzate. Si era rasato a causa del suo lavoro in primo piano nel settore immobiliare, ma stasera aveva lasciato un accenno di barba incolta che accentuava il suo già pericoloso sex-appeal.

Anche Rafe aveva la barba, ma la sua era un po' più lunga. I suoi occhi color miele divennero ardenti quando afferrò il corpo di Sassy, e lei dovette trattenere un brivido di piacere.

Due settimane di appuntamenti amichevoli con quei due non erano stati abbastanza.

Oggi era la scadenza temporale che lei aveva imposto a tutti. Si sarebbe trattenuta dal saltargli addosso e strofinarsi su di loro come una gatta in calore per un'altra notte ancora.

Forse.

Ian le sorrise e lei sbatté le palpebre. Dannazione. Amava il suo sorriso, e non lo mostrava abbastanza spesso. "Hai intenzione di farci entrare, Sassy?" chiese Ian, con una voce roca piena di promesse. "O dovremmo stare sulla porta per il nostro appuntamento? In fondo non so se mi dispiacerebbe, considerando che adoro come ti sta addosso quel vestito. Le tue gambe lunghe sono così fottutamente sexy, e starebbero da dio avvolte intorno alla mia vita. O intorno a quella di Rafe."

Il piccolo gemito che le sfuggì dalle labbra non la sorprese, ma quello di Rafe in risposta sì. Sembrava che entrambi gli uomini fossero eccitati quanto lei.

Due settimane di tentazione erano state una buona idea per il suo cuore, ma il suo corpo voleva di più.

Subito.

Tornò indietro, senza parole, e infastidita con se stessa per non riuscire a trovarle.

Era la *famosa* Sassy.

Non era una bambina innocente incapace di parlare con gli uomini.

Eppure al momento si stava *comportando* come tale.

Maledetti quei due.

Rafe e Ian fecero avanti e indietro nella stanza, flettendo i loro muscoli eleganti come felini nella giungla. Ian indossava un completo chiaramente cucito su misura, che probabilmente costava più di quello che Sassy guadagnava in sei mesi, mentre Rafe era molto più casual e indossava bei jeans firmati e una camicia. Erano così diversi l'uno dall'altro, ma i maschi alfa che si nascondevano sotto la superficie, e talvolta non si nascondevano affatto, le facevano venire voglia di inclinare la testa e scoprire la gola, pronta a farsi sottomettere a loro piacimento.

Ora basta però. "Allora, che si fa oggi? È la prima volta che tutti e tre abbiamo un giorno libero insieme."

Entrambi gli uomini avevano preso l'intera giornata di ferie, piuttosto che dover aspettare la sera per fare qualcosa. Anche Sassy aveva preso un giorno libero, con l'entusiastica approvazione di tutta la squadra della Midnight Ink.

A quanto pareva, di recente era stata un po' più scontrosa del solito.

Non era colpa sua se era depressa e lunatica.

D'accordo, forse era parzialmente colpa sua, ma in quanto donna non l'avrebbe mai ammesso.

Rafe si appoggiò al divano e Ian gli si mise accanto, entrambi con gli occhi su di lei. "Rafe e io non abbiamo altri piani se non quello di passeggiare per il quartiere storico. È passato del tempo da quando abbiamo vissuto lì." Trasalì e Sassy si dispiacque per lui. Ogni riferimento al loro passato era come camminare su un campo minato.

Si scrollò quella sensazione di dosso e si diresse verso la cucina, aveva bisogno di bere qualcosa prima di uscire. "Sono pronta per qualsiasi cosa vogliate fare." E a questo punto, intendeva davvero qualsiasi cosa. "Prendo un bicchiere d'acqua. Ne volete uno?"

Rafe scosse la testa. "Se non ti va di uscire, possiamo semplicemente stare qui. So che non abbiamo avuto molto tempo da passare insieme solo noi tre in privato." Si avvicinò a lei, seguendola nella zona cucina. Aveva un open space, perciò tutti e tre potevano vedersi indipendentemente da dove si trovassero, purché non andassero nella zona letto.

"È difficile parlare di cose serie in pubblico," aggiunse Ian, e la mano di Sassy si strinse sul bicchiere.

Bene. Avrebbero parlato. Avrebbero tirato fuori tutto.

Era ora, cazzo.

"Ti ho già detto che mi dispiace, Sassy, ma te lo ripeto, sono mortificato di essermene andato in quel modo."

La confessione di Ian la fece sussultare, le sue parole schiette erano come lame che fendevano quella tranquilla mattinata per riportarla al passato. Si erano già scusati a profusione, ma le parole non erano abbastanza. Lo sapevano tutti e tre.

Che diavolo stava facendo?

"È così assurdo!" esclamò Sassy, appoggiando il bicchiere e alzando le mani.

Rafe batté le palpebre, ma Ian non si mosse.

"Non vi rendete conto?" chiese. "Siamo abbastanza adulti da prendere le cose con calma come se fosse una fottuta questione di affari, ma non parliamo di ciò che conta veramente. Che diavolo stiamo facendo?"

Rafe si alzò e si diresse verso di lei. "Ci stiamo ritrovando," disse con semplicità.

"Stiamo creando una relazione," aggiunse Ian.

"Perché lo stiamo facendo? Perché ora? Perché non dovrei semplicemente lasciarvi entrambi?" L'ultima parte le era sfuggita di bocca e chiuse gli occhi. Non intendeva questo, non proprio, anche se andava detto.

Rafe le prese il viso con un movimento rapido, i palmi duri e le dita callose che la toccavano con grande delicatezza.

"Perché stiamo facendo questo?" sussurrò. "Perché lo vogliamo. Perché *dobbiamo* farlo. Avevamo qualcosa di fottutamente straordinario dieci anni fa, e so che se le cose fossero andate diversamente, adesso noi saremmo ancora insieme. Non senti la chimica tra noi tre? Non senti l'eccitazione? Non possiamo ignorarlo solo perché abbiamo paura. Saremmo dei vigliacchi del cazzo. E tu, Sassy, non sei una codarda."

Ian le si avvicinò da dietro come aveva sempre fatto anni prima. Le sue mani si poggiarono sui suoi fianchi, mentre le labbra scivolavano lungo l'orecchio. "Anch'io ho paura, Sassy. Ho tanta paura che manderemo tutto a puttane di nuovo, perché non sappiamo cosa stiamo facendo. Ma sai una cosa? Ora siamo più grandi. Forse anche più saggi. Impareremo dai nostri errori e staremo di nuovo insieme. È quello che voglio. È quello che vuole Rafe. E spero che sia quello che vuoi anche tu."

Non aveva già detto loro che era quello che voleva? Perché era dannatamente sicura di averlo detto chiaro e tondo. Certo, volerlo non significava che fosse la cosa giusta per lei.

Si allontanò, aveva bisogno di aria. Non le piaceva questa versione insicura di se stessa, e sapeva che se non avesse spiegato esattamente quello che era successo in passato, non avrebbe potuto andare avanti.

"Quando vi ho lasciati entrambi, non avevo nessun altro posto dove andare," iniziò.

"Sassy..." la voce addolorata di Rafe la costrinse a scuotere la testa.

"Prima lasciami dire cosa è successo. Devo togliermi questo peso dal petto. Poi possiamo andare avanti. Perché, sappiatelo, non sarei qui con voi due se non lo volessi anch'io. Ma quello che voglio e il mio stato d'animo, a quanto pare, sono due cose diverse."

"Allora dicci, Sass," intervenne Ian.

"Credo che dovrei iniziare da ancora prima. Sapete entrambi da dove vengo." Dio, odiava questa parte, ma se non avesse iniziato da lì, non avrebbero capito. *Lei stessa* si capiva a malapena.

I suoi uomini annuirono. "Sono la principessa Bordeaux. O almeno questo è quello che mi diceva mio padre da piccola." Sospirò debolmente, ma non era a causa di bei ricordi. Oh no, non c'era molto di piacevole da ricordare quando si trattava di suo padre.

"Avevo tutto quello che avrei potuto desiderare, vestiti eleganti, una bella casa, scuole di lusso. Eravamo ricchi *di famiglia*." A quelle parole rivolse uno sguardo a Ian. Anche lui veniva da una famiglia altolocata e si limitò ad annuire. "Avrei dovuto finire il liceo e andare all'università, in modo da avere la mia laurea in una bella cornice dorata sul muro dell'ufficio di mio marito, come aveva fatto mia madre. Così come avrei dovuto sposare l'uomo scelto da mio padre, che avrebbe favorito i suoi affari e piani politici. Poi avrei avuto due figli perfetti che sarebbero stati cresciuti dalle bambinaie, e pranzi interminabili con altre donne del mio ceto, senza mai sorridere alla persona sbagliata o farmi venire grilli per la testa."

"Non saresti stata la nostra Sassy," interruppe Rafe e Sassy sorrise.

"Proprio così." Si passò una mano tra i capelli e guardò una delle ciocche rosso brillante. "Riuscite a immaginarmi con i capelli raccolti in uno chignon o con una collana di perle?"

Ian si schiarì la gola. "Posso immaginare le perle."

Sassy sentì un fremito a quella allusione e trattenne un gemito. "Non cambiare argomento."

"Lo terrò a mente per dopo, allora."

Accidenti a lui.

"Comunque, non volevo nulla di tutto ciò. Lo

sapevo da quando avevo dieci anni, eppure rimasi sotto il giogo di mio padre per altri cinque anni." Chiuse gli occhi, cercando di respingere i ricordi. "Dio, quanto lo odiavo. Non so se lo odio ancora, dal momento che non significa più nulla per me. Ma al tempo lo odiavo eccome. Non fraintendetemi, non mi ha mai picchiato, ma l'avrebbe fatto se avesse pensato che avrebbe funzionato."

"L'avrei ucciso se lo avesse fatto," la voce di Rafe si fece minacciosa.

Sassy sorrise. "Sai che so combattere da sola le mie battaglie, tesoro."

Ian le passò un dito lungo il braccio, ma lei non si scansò, il tocco era troppo piacevole. "Te ne sei andata quando avevi quindici anni. Ricordo quando me lo dicesti e al tempo pensai che tu fossi troppo giovane, ma ora? Eri decisamente troppo giovane per avere a che fare con quella merda."

Sassy alzò gli occhi. "Sì. Ero stupida. Ero una ragazzina ricca e viziata che voleva fare le sue scelte, quindi cosa ho fatto? Sono scappata e ho dovuto imparare nel modo peggiore che i miei problemi non erano poi così terribili, nel grande schema delle cose."

Ian le afferrò il polso e la tirò, in modo che il suo corpo fosse aderente al suo. Sassy poteva sentire l'inizio della sua erezione contro la pancia, ma erano i suoi occhi a tenerla ferma. La fredda determinazione che vi leggeva dentro la portò quasi a inginocchiarsi in segno di sottomissione.

Era qualcosa per cui non era pronta, e non era sicura che sarebbe *mai* stata pronta.

"Non dire mai più che i tuoi problemi non contano. Solo perché qualcuno potrebbe aver vissuto qualcosa di molto peggio, questo non sminuisce il tuo passato. Non è una gara, Sassy. Non lo è mai stata."

Lei chiuse gli occhi per interrompere la connessione con il suo sguardo, in modo da non sciogliersi ai suoi piedi. Appoggiò la testa contro il suo petto e inalò il suo profumo muschiato.

"Ho incontrato brave persone per strada, e hanno avuto pietà di me. Ho imparato nel modo più duro come prendermi cura di me stessa." Scacciò i ricordi delle notti piene di freddo e fame, che non avrebbe mai potuto dimenticare. Erano parte di ciò che la rendeva la *famosa* Sassy. Senza quelle ferite, quel dolore, non voleva pensare a chi sarebbe potuta diventare.

Sassy si voltò tra le braccia di Ian per guardare Rafe. "Poi tua madre mi ha trovato," disse con un sorriso. "Avevo solo diciotto anni e vivevo in una specie di comunità, facendo lavoretti per guadagnarmi da vivere, e tua mamma mi ha accolto."

Rafe venne al suo fianco e le accarezzò la guancia. "Mi ricordo. Eri una tempesta di fuoco e rabbia e sapevo che saremmo diventati migliori amici."

Sassy alzò gli occhi ma si appoggiò alla sua mano, rimanendo tra le braccia di Ian. "Mi ha offerto un lavoro nel negozio di tuo padre e ho imparato a fare qualcosa in cui ero brava."

"L'hai sempre gestito meglio di mia madre," scherzò Rafe. "Le piaceva che tu avessi assunto il suo ruolo di addetta al negozio."

"Piaceva anche a me," disse Sassy con calore, ricordando come avesse imparato a vivere in una vera famiglia, piuttosto che nel freddo mausoleo della sua infanzia. "Ho trovato degli amici, ho avuto lo stomaco pieno per la prima volta dopo anni, e ho imparato a prendermi cura di me stessa senza dover lottare." Si rivolse a Ian. "Poi un paio d'anni dopo tu ti sei presentato al negozio con una gomma a terra, e io ho perso la testa."

Ian le baciò la fronte e si chinò all'indietro. "Mi ha sempre sorpreso che tu e Rafe non foste mai stati insieme prima del mio arrivo."

"Era parte della famiglia prima che tu arrivassi," spiegò Rafe.

"Ha ragione. Ero quasi una sorella a quel punto."

Rafe rise sonoramente. "Oh no, tesoro, stai esagerando. Eri troppo sexy, anche a diciotto anni! Ti consideravo qualcuno che faceva parte della famiglia e da cui dovevo stare lontano, se non volevo che mia madre mi uccidesse a mani nude."

Sassy ridacchiò, già sentendosi a suo agio nel rivangare i bei ricordi, piuttosto che rimuginare su quelli dolorosi.

Ma anche quelli sarebbero arrivati, prima o poi.

"Non appena arrivò Ian, non lo so, è stato come se non potessi più trattenere l'attrazione."

"Grazie a Dio ti sei deciso, perché vivere per due anni nella stessa casa, fingendo che non mi piacessi e facendo la brava bambina, stava per *uccidere me*" ironizzò Sassy.

Ian sbuffò e le passò una mano sulla schiena, calmandola. La sua mano scese sul sedere e lei dovette trattenersi dal saltargli addosso. Non appena avesse finito di parlare, avrebbero potuto andare avanti. Non aveva senso lasciare tutto non detto, pronto a riaffacciarsi nelle loro vite come vecchio marciume.

"A quei tempi, noi tre eravamo...noi." Sospirò. "Lo adoravo. Da ragazza vi amavo entrambi e quell'anno non sarebbe cambiato nulla. Fa così male, cazzo, pensare a quello che è successo alla fine, ma non cambierei nulla di ciò che ci ha portato lì."

"Non dobbiamo per forza perdere quello che avevamo," puntualizzò Rafe.

"No, l'abbiamo già perso," rispose Sassy. "Ma possiamo provare a essere qualcosa di nuovo. Costruire sul passato e su ciò che avrebbe potuto essere ci farebbe solo del male. Mi piacciono già gli uomini che siete diventati, e di sicuro mi piace chi sono io adesso. Se ricominciamo da dove lasciammo allora, finiremmo per perdere di nuovo tutto quello che abbiamo ritrovato."

"Sono stato uno stronzo ad allontanarmi. L'ho già detto e lo ripeterei mille volte, ma penso che tu sia stanca di sentirlo. Non me ne andrò per paura." Ian le afferrò il mento, costringendola a guardarlo negli occhi. "Te lo prometto."

Notò che era ossessionato da quella promessa di non andar via, lo tenne a mente per dopo. Nessuno di loro stava parlando di matrimonio, bambini e promesse. Almeno lei non di certo.

"Una cosa però voglio dirla: se non fossi andata via, se non fossi stata costretta ad andare avanti, non avrei trovato la Midnight Ink." Si allontanò da Ian e Rafe e guardò i tatuaggi sulle sue braccia. "Ne avevo solo pochi quando vi ho incontrato e ora sono tatuata dappertutto. Lo adoro. Amo il mio lavoro e aiutare i clienti ogni giorno. Amo la famiglia che ho trovato. Quindi sì, quello che è successo mi ha ferito. Dio, non ci sono parole per descriverlo. Quello che è successo ha distrutto tutto ciò che pensavo di avere e di cui avevo bisogno, ma in questo modo sono cresciuta. Ogni passo che ho fatto mi ha reso più forte e mi ha reso...*questa* Sassy. Amo chi sono diventata, ragazzi, e non ho intenzione di cambiarlo. Ma devo anche ammettere che questa Sassy ha bisogno di voi due." Almeno per ora. Pensare al futuro sarebbe stato troppo, in quel momento.

Ian digrignò leggermente i denti e si avvicinò, con Rafe alle calcagna. "Questo tatuaggio?" Il suo dito le scivolò di nuovo sul braccio e venne attraversata da un brivido che anticipava ciò che doveva ancora accadere. "Voglio vederlo tutto, ma proprio tutto, Sassy.

Voglio tutto di te. Forse sono un uomo egoista, ma ricorda, sono uno Steele. Sono abituato a ottenere ciò che voglio."

La mano di Rafe le scese sulla schiena e le afferrò il culo. Lei gemette e si strusciò contro la sua mano. "Potrò non essere uno Steele, ma anch'io so quello che voglio. Vi voglio entrambi. Il passato è passato, ma ora siamo qui. Andremo avanti insieme. Mi capisci?"

Lei si voltò verso di lui e annuì. Oh sì, capiva molto bene.

"Ora sapete cosa ho passato e come mi sento," disse Sassy, sapendo che il tempo delle parole stava per finire.

Grazie a Dio.

Con un sorriso malvagio, prese la cravatta di Ian in una mano e afferrò la camicia di Rafe nell'altra. "Penso che abbiamo parlato abbastanza. Non ho voglia di uscire oggi. Avete un'idea migliore?"

Guardò i due uomini mentre i loro sguardi si incendiavano e si lasciavano sfuggire un piccolo ringhio.

"Oh sì," sussurrò Ian.

"Cazzo, sì," ringhiò Rafe.

Esattamente ciò che voleva in quel momento. Loro. Lei. Senza vestiti. E una notte piena della giusta dose di passione.

Esattamente questo.

Capitolo cinque

Sassy si leccò le labbra, apprezzando il modo in cui gli occhi dei due uomini si scurirono, mentre il loro respiro diventava pesante. Erano sempre stati così tra loro, inebriati dalla passione e pronti a tutto. I suoi capezzoli si indurirono e sentì le farfalle nello stomaco al pensiero di quello che stava per accadere. Con quei due, non sapeva mai chi avrebbe dato inizio alle danze.

Sia Ian e Rafe erano sempre stato dominanti a letto, ma non nel senso comune, come gli uomini delle sue amiche. Sapevano cosa lei volesse e glielo davano senza riserve...dopo averla stuzzicata un po'. Quello che non sapeva era quale uomo avrebbe preso il comando per primo.

Ian e Rafe si guardarono l'un l'altro, in una sorta di muta conversazione, e Sassy sperava stessero decidendo proprio ciò che aveva appena pensato. Rafe annuì e Sassy prese un respiro profondo, mentre Ian faceva due passi verso di lei e avvolgeva ripetutamente i capelli lunghi della donna intorno al suo pugno chiuso.

Sassy ansimò quando lui la tirò, lasciando cadere la testa indietro così da fissarlo negli occhi, pronta ad avere di più.

"Mia," sussurrò Ian, prima di schiacciare la bocca contro la sua.

Lei gemette mentre le labbra del suo amante premevano contro le sue, e i suoi denti la mordicchiavano appena. Aprì completamente la bocca, accogliendo la lingua di Ian con la sua. Lui assaporò l'aroma di menta e caffè, lasciando che si mescolasse con i suoi stessi sapori. Le tirò di nuovo i capelli, facendole venire un brivido di desiderio che la percorse fino al sesso.

"Non dimenticatevi di me," disse Rafe con voce roca.

Ian allontanò le labbra da lei e, senza mollare la presa sui suoi capelli, la costrinse a girare la testa verso Rafe. Sentire Ian che controllava il suo bacio con Rafe quasi la fece venire istantaneamente. Le piaceva quando ci andavano giù duro con lei...e tra di loro.

Rafe le afferrò il viso, poi abbassò delicatamente la testa. Il suo bacio era soffice, allettante, mentre Ian era focoso e passionale: erano entrambi così diversi dai personaggi che mostravano al mondo. Sassy chiuse gli occhi, assaporando la sua dolcezza torbida mentre baciava lui e Ian allo stesso tempo, con i corpi così vicini da renderlo incredibilmente facile.

Ian la tirò indietro e si impossessò di nuovo delle sue labbra. Lei lo baciò e mordicchiò a sua volta, apprezzando i sapori di entrambi gli uomini che si mescolavano sulla sua lingua, una combinazione inebriante che le era mancata, anzi, che aveva *bramato* alla follia.

I due uomini si alternarono a baciarla, facendo scorrere le mani lungo la sua schiena e afferrandole il sedere. Sassy si perse nel piacere di quei baci, incerta su quanto tempo fosse passato quando i due alla fine si allontanarono e si misero di fronte.

Avere quei due addosso era eccitante, ma niente in confronto a quello che provò nel guardarli mentre si dedicavano l'uno all'altro. I loro gemiti echeggiarono nella cucina, mentre il bacio diventava via via più profondo. Per quanto fossero bruschi con lei a volte, erano ancora più esigenti l'uno con l'altro.

Dannatamente. Fottutamente. Sexy.

Sassy si leccò di nuovo le labbra, partecipe della loro eccitazione anche se nessuno la stava toccando. Beh, se *loro* non la stavano toccando…

Si passò le dita sui capezzoli e iniziò ad ansimare, abbandonandosi alla delicatezza del suo stesso tocco. Dannazione, era eccitata e sapeva che avrebbero dovuto fare molto altro prima che fosse soddisfatta.

Prese i seni nelle mani, massaggiandoli con il

palmo mentre si stuzzicava i capezzoli. Il suo corpo oscillava mentre sfregava le gambe l'una contro l'altra, cercando l'attrito necessario per poter venire. Se fosse riuscita ad avere giusto un piccolo orgasmo, poi avrebbe potuto prendersela comoda con i suoi uomini.

Come se avessero sentito i suoi pensieri, Rafe e Ian si staccarono e la guardarono.

"Stai cercando di venire senza di noi?" chiese Ian, la voce rauca dal desiderio, le labbra bagnate e tumide dai loro baci.

"Dovremmo prenderci più cura di te, *cariña*," mormorò Rafe, con gli occhi color miele incupiti dalla passione.

Ian inclinò la testa. "Dal momento che si stava divertendo da sola, forse dovremmo lasciarla continuare. Non hai bisogno di noi, vero?"

Lei strinse gli occhi. "Ehi, smettila di giocare a fare il bastardo, tesoro. Sai che posso venire da sola, ma ora voglio che siate voi due a farlo per me. Mi sembra giusto."

Ian sorrise, ma Sassy non era sicura che avrebbe ottenuto quello che voleva. L'aveva sempre fatta aspettare, fino a portarla al massimo dell'eccitazione. Così, anche se lo odiava mentre si contorceva dal desiderio, lo amava alla follia quando la faceva venire alla grande.

Bastardo manipolatore.

"Cosa vuoi, Sassy?" chiese Ian.

Lei si leccò le labbra e abbassò gli occhi sull'erezione che gli gonfiava i pantaloni, poi vide anche quella di Rafe. Per quanto fosse pronta a godere, quello che voleva *davvero* era sentire il loro sapore.

"Voi due," sussurrò.

Ian sorrise e Rafe ridacchiò. "In ginocchio, piccola." Le tese la mano e lei ci si appoggiò per inginocchiarsi davanti a lui.

Il respiro di Sassy accelerò mentre sganciava la cintura di Ian e slacciava i pantaloni. Anche se ad alcune donne poteva non piacere, lei amava succhiare il cazzo. Amava avere il controllo, anche se di solito erano Ian e Rafe a decidere il ritmo per lei. Era *lei* che dava loro piacere, e già solo il pensiero la faceva bagnare terribilmente.

Perché una volta finito con loro, sapeva che avrebbero ricambiato nel miglior modo immaginabile.

Rapidamente tirò giù i boxer così da poter afferrare il suo cazzo. Lo sentiva duro, caldo e pesante nella mano, pronto per la sua bocca. Non volendo escludere Rafe, posò un bacio sul pene di Ian, poi slacciò anche i pantaloni di Rafe.

Ian la afferrò per i capelli come aveva fatto prima, mentre Rafe la teneva per una spalla. Lei tirò fuori il pene di Rafe e iniziò a leccare la punta, mentre avvolgeva la mano intorno alla mazza di Ian.

Non aveva avuto un rapporto a tre da quando era stata con Ian e Rafe, ma a quanto pare la capacità di dare piacere a entrambi allo stesso tempo non era mai svanita.

Con un ultimo sguardo ai suoi uomini si mise al lavoro, leccando tutta la lunghezza di Rafe, prima di fare lo stesso con Ian. Entrambi gli uomini gemevano e lei sorrise prima di succhiare la punta del cazzo di Ian, passando la lingua sulla base della cappella. Lui si spinse nella sua bocca e lei gli afferrò un fianco per tenerlo fermo. Si allontanò leggermente per guardarlo.

"Fatemi assaggiare entrambi prima di fottermi in bocca."

"Adoro quando parli sporco," disse Rafe e lei alzò gli occhi al cielo.

Tornò a quello che stava facendo e leccò la goccia di liquido trasparente in cima al cazzo di Ian, prima di fare lo stesso con Rafe. Teneva entrambi i sessi nelle sue mani con una presa salda, oscillando leggermente i polsi mentre tirava verso l'alto in modo da poter scivolare meglio. Il cazzo di Ian era leggermente più lungo, con una curva a sinistra che stimolava un punto particolare dentro di lei, facendole strabuzzare gli occhi quando la scopava con violenza. Quello di Rafe era più grosso e la lasciava piacevolmente indolenzita ogni volta che spingeva quella mazza nodosa dentro di lei.

Caspita, quanto le erano mancati quei due.

Rafe le prese il volto e sorrise. "Lascia che ti guardi mentre scopi Ian, Sass. Poi puoi avere me.

Adoro come gli succhi le palle quando gli fai un pompino."

Lei trattenne un gemito in gola, poi annuì e si rivolse a Ian. Dato che Rafe, e anche Ian, lo amavano così tanto, gli sollevò il cazzo contro lo stomaco e iniziò a succhiargli le palle. Ne avvolse una con la lingua, poi si spostò sull'altra e fece lo stesso. Poteva sentire pulsare il cazzo di Ian mentre lo succhiava, così ripeté il processo. Quando stava per scoppiare, e aveva la sensazione che Ian si sentisse allo stesso modo, passò a succhiarlo in un unico movimento profondo. Il sussulto di piacere e sorpresa che ne ottenne era musica per le sue orecchie. Si tirò indietro, voleva continuare ma aveva bisogno di prendere una boccata d'aria.

"Lascia che ti aiuti," disse Rafe e lei lo vide in piedi dietro Ian. Afferrò la base del cazzo di Ian e lo porse alla bocca di Sassy.

Lei sorrise, poi ricominciò a succhiare. La mano di Ian si strinse sui suoi capelli e lei si bloccò, lasciando che la sua mascella si rilassasse. Allora Rafe aiutò Ian a spingerle il cazzo in bocca. Quando lo tirarono fuori, lei allungò la lingua e poi chiuse le labbra sul pene, mentre Ian glielo affondava in fondo alla gola.

"Gesù," grugnì Ian, ma non smise di muovere i fianchi.

Lei aspirò le guance con un gemito, guardando la mano di Ian posata sulla spalla di Rafe. Ogni volta che la sua bocca si allontanava dal suo uccello, la mano di Rafe lo stringeva e correva lungo tutta la sua lunghezza.

Alla fine, Ian si tirò via, con il cazzo ancora duro dato che non era venuto. Rafe restò lì, con l'uccello in bella vista. Sassy lo leccò per tutta la lunghezza, mentre Ian si posizionava dietro di lei. Lei lo guardò da sopra le spalle e sorrise nel vederlo togliersi i vestiti di dosso.

"Che ci fai là dietro?" chiese maliziosamente.

Ian ridacchiò poi le afferrò le spalle. "Finisci di succhiare, poi leccherò la tua bella figa, tesoro."

Beh, le sembrava un'idea perfetta.

Inghiottì l'intero uccello di Rafe, muovendo la testa su e giù come a voler impostare lei il ritmo, questa volta. Le mani di Ian le cinsero la vita, mentre si inginocchiava dietro di lei. Le afferrò i seni attraverso il reggiseno e pizzicò i capezzoli duri.

Lei sussultò con il cazzo di Rafe ancora in bocca, mentre Ian li pizzicava ancora più forte e li torceva leggermente. Il dolore le fece pulsare la figa, pronta per uno dei loro cazzi, ma sapeva che avrebbe dovuto aspettare. Aumentò il ritmo, voleva portare Rafe a perdere il controllo.

Le mani di Ian lasciarono i suoi seni solo per dirigersi alle cosce di Rafe. La vista delle sue mani forti sulle gambe muscolose di Rafe quasi la fece venire, ma si trattenne ancora una volta. Ian fece ruotare le palle di Rafe nelle sue mani, mentre lei lo succhiava ancora più forte.

Rafe si tirò indietro e lei lo guardò sbattendo le palpebre, mentre riposava sulla spalla di Ian.

"Sono d'accordo con Ian, *cariña*. Per quanto voglia venire dentro la tua bella bocca, preferirei far godere prima te."

Lei si leccò le labbra, pervase dal sapore salato di entrambi gli uomini. "Tutto quello che vuoi."

Ian ridacchiò contro di lei mentre le baciava il collo. "Mi piace sentirtelo dire."

Prima che lei potesse ribattere, si ritrovò in piedi, mentre i due uomini le strappavano di dosso i vestiti, e poi con la schiena sul bancone della cucina e la testa di Ian tra le gambe.

"Ian!" esclamò, quando sentì il primo tocco della sua lingua. Lui passò lingua e denti intorno alla sua fessura, prima di affondare sul suo clitoride. Lei premette il corpo contro la sua faccia, incapace di contenere il desiderio.

"Lascia che Ian ti assapori, Sassy," sussurrò Rafe mentre le teneva giù i fianchi, ridando il controllo a Ian.

Lei cercò di non perdere la testa, ma era dannatamente difficile con Ian che la leccava come un gatto con la panna. Era ancora più difficile ora che Rafe le succhiava un capezzolo, titillando l'altro con le dita agili. Le diede un piccolo morso sul seno mentre le stuzzicava l'altro, e lei venne contro la bocca di Ian e intorno alle due dita che lui le aveva ficcato dentro.

Gridò i loro nomi mentre continuavano il loro attacco, intenzionati a perseverare fino a farle provare un'altra ondata di piacere. Aveva sempre tanti orgasmi in una volta con quei due, e ringraziava il cielo che certe cose non fossero cambiate.

Il suo corpo si rilassò, anche se lei voleva ancora averli entrambi dentro di sé. Sentì Ian sollevarla tra le sue braccia e portarla fino al divano ad angolo, con i grandi cuscini che erano perfetti per far accoccolare comodamente due persone.

Ormai erano tutti e tre nudi e Ian si infilò tra le gambe di Sassy mentre lei giaceva sulla schiena, completamente esposta a entrambi. Ian torreggiava su di lei, piegandosi in modo da poterle afferrare le gambe, mentre Rafe stava dietro di lui. Rafe agguantò il corpo di Ian e srotolò un preservativo sul suo cazzo, e Sassy deglutì a fatica.

Non importava quanto fosse eccitata con uno di loro, amava sempre vederli insieme perché la faceva arrapare ancora di più. Forse questo la rendeva una pervertita, ma non le importava.

Lo adorava, cazzo.

Ian si voltò di lato e lei notò qualcosa che non c'era l'ultima volta che avevano fatto l'amore.

"È un tatuaggio, quello sulla tua schiena?" chiese.

Gli occhi di Rafe si allargarono e andò dietro Ian.

"Porca puttana, è la triquetra. Wow. È stupenda, cazzo."

Sassy fece un sorriso vago. "Hai una triade sulla schiena. Posso vederla?"

Ian si afferrò il pene, ma si voltò per lei.

Dio, il tatuaggio era bellissimo. Spesse e scure, le tre parti della trinità erano intrecciate e scolpite in gaelico. Era fantastico.

Il fatto che l'avesse fatto *dopo* che si erano lasciati la diceva lunga, ma non era il momento di parlarne. Non ora che lo voleva dentro di sé.

Subito.

"Pronta?" chiese Ian, con voce tesa.

"Sempre," sussurrò lei, poi gemette quando Ian affondò dentro di lei centimetro dopo centimetro.

La riempì tutta e i loro corpi si allinearono, strusciando l'uno contro l'altro mentre lei si stirava per adattarsi alla sua lunghezza, proprio come avrebbe dovuto fare di nuovo per accogliere la circonferenza di Rafe.

"Gesù, che bello," esclamò Ian, poi si tirò fuori leggermente.

Sassy gemette mentre stringeva il suo sesso, non volendo lasciarlo andare.

"Guarda qui, Sass," sussurrò Rafe. "Appoggiati sui gomiti."

Mentre lei era concentrata su Ian, Rafe si era spostato accanto a lei sul divano, il cazzo proprio davanti alle sue labbra. Aprì la bocca per lui e si lasciò completamente andare. Entrambi gli uomini la scoparono con impeto, Ian nella figa e Rafe in bocca. Le mani di Rafe erano aggrovigliate tra i suoi capelli, mentre Ian le afferrava i fianchi.

Ian pompava il cazzo dentro e fuori di lei a un ritmo perfetto e costante, fino a quando lo spinse un'ultima volta a fondo e gridò il suo nome. Sassy lasciò andare il cazzo di Rafe e baciò Ian mentre lo sperma riempiva il profilattico. Ian diede un'ultima spinta, questa volta massaggiandole il clitoride con il pollice e lei venne di nuovo, con un gemito coperto dalla bocca di Ian.

Lui si tirò fuori, anche se il corpo di Sassy ancora tremava, e Rafe scivolò dentro di lei. Sassy riposò la testa sul divano mentre Ian andava a buttare il preservativo. Rafe doveva averne indossato un altro quando era venuta, perché poteva vederlo avvolto intorno al suo pene. Le dita di lui scavarono la pelle del punto vita mentre si spingeva dentro di lei, fissandola negli occhi.

Ian tornò nella stanza e le si sedette accanto, le mani che vagavano sul suo corpo. Le prese i seni nelle mani, succhiandone i capezzoli, e poi spostò la mano in basso per giocare con il suo clitoride, mentre Rafe faceva l'amore con lei.

"Merda, ogni volta che le succhi i capezzoli, la sento che si stringe intorno al mio cazzo," grugnì Rafe.

Ian lasciò andare il suo capezzolo con uno

schiocco. "Ora sai come mi sento, tesoro," disse a Rafe, poi tornò a occuparsi del seno di lei.

Sassy voleva un contatto ancora più profondo e avvolse la mano intorno a uno dei polsi di Rafe, intrecciando l'altra tra i capelli di Ian. Chiuse gli occhi, persa nei movimenti e nelle sensazioni finché non sentì una nuova ondata e venne ancora una volta, stavolta insieme a Rafe.

Rafe si allontanò per gettare a sua volta il preservativo, mentre Ian e Sassy si rilassavano sul divano.

"Mi è mancato, mi sei mancata," mormorò Ian.

Lei sorrise e si accoccolò su di lui.

Rafe tornò e afferrò una coperta dallo schienale del divano. Ian la tirò su di sé, mentre Rafe si sistemava accanto a loro. Lei rotolò sulla pancia, in modo da poter coccolare entrambi i suoi ragazzi, finalmente con le membra molli e il corpo sazio.

"Dio, dobbiamo farlo di nuovo," sussurrò.

Rafe le diede una pacca sul culo e ridacchiò. "Lasciami riposare un po' prima del secondo round. Non sono più giovane come una volta."

Lei sorrise e attese la risposta di Ian, ma lo vide svenuto accanto a Rafe. "Credo che l'abbiamo stancato."

Guardò Rafe e rise nel constatare che entrambi i suoi uomini si erano addormentati. Con un sospiro felice, si sdraiò su entrambi e si mise comoda.

"Eh sì, ci so ancora fare."

Capitolo sei

"Sei sicuro che stia bene così? Dovrei coprire il mio tatuaggio?"

Rafe chiuse gli occhi e si trattenne dal rispondere bruscamente. Nonostante amasse la donna di fronte a lui, il solo sentire quella domanda gli fece venire voglia di sbattere la testa contro il muro. Non avrebbe dovuto essere nervosa a tal punto, eppure a quanto pareva non c'era modo di calmarla.

Aveva indossato dei bei pantaloni e un grazioso top in pizzo, che metteva in rilievo i suoi deliziosi capezzoli tutti da leccare, ma non era la Sassy che conosceva e amava. Aveva anche raccolto i capelli in una specie di chignon, che accentuava la lunghezza del suo collo.

Camminò lentamente verso di lei e le prese il viso tra le mani. La preoccupazione che leggeva nei suoi sensuali occhi color nocciola gli faceva venire voglia di abbracciarla e non lasciarla mai più.

Non che lei glielo avrebbe permesso.

No, lo avrebbe allontanato e si sarebbe presa cura di se stessa, perché era fatta così. O almeno di solito era così. La Sassy che aveva di fronte adesso non era quella donna. Doveva porre rimedio a ciò e alleviare le sue paure.

"Sass, smettila e respira, *cariña*." Le sfiorò le labbra con le sue e lei si rilassò. "Stiamo solo andando a cena dai miei genitori. Sei già stata lì centinaia di volte in passato. L'unica differenza è che ora siamo un po' più vecchi."

Lei fece una smorfia e lui la baciò di nuovo. "Non è come prima, Rafe. Ai tempi ero la loro protetta, la loro coinquilina o qualcosa del genere. Sapevano che uscivo con te, ma non so se sapessero che anche Ian era coinvolto in quel momento."

Rafe fece un respiro. "Non lo so neanche io, piccola. Lo tenevamo nascosto perché avevamo paura di quello che avrebbero pensato tutti, ma non siamo più quelle persone. Sai che Ian sarebbe qui con noi, se non avesse dovuto lavorare."

Non potevano ignorare i possibili pregiudizi come avevano fatto da giovani. La loro relazione non sarebbe sopravvissuta se lo avessero fatto.

Rafe poteva percepire la tensione di lei e leggeva l'incertezza nei suoi occhi.

Ecco cosa le stavano facendo, stavano trasformando quella donna sexy e brillante in un mucchio di nervi.

Dannazione.

Le passò la mano lungo la schiena e le afferrò il culo. Il bagliore di eccitazione negli occhi di Sassy che ne scaturì lo fece sorridere.

Eccola.

Sassy si tirò un po' indietro e contemplò la propria figura, scuotendo la testa. "Che diavolo sto indossando?"

Rafe si trattenne, sapendo che se avesse sorriso, lei lo avrebbe picchiato. Sul serio. "Non sapevo che possedessi questo completino da segretaria sexy."

Lei socchiuse gli occhi. "Credo che ora si chiamino assistenti amministrative."

Lui alzò le mani in segno di resa. "Le mie scuse."

"E se volessi vestirmi da segretaria sexy, indosserei una gonna così che tu possa scoparmi sopra la scrivania. E dai, lo sai che va così in tutti i porno di un certo livello."

Rafe gettò la testa all'indietro e rise, anche se il suo cazzo si indurì al pensiero di Sassy in tacchi e minigonna, che si faceva scopare sopra la sua scrivania.

O forse sulla scrivania di Ian.

Sì, meglio da Ian visto che aveva un ufficio più grande, e quel suo stile giacca e cravatta si adattava perfettamente alla sua fantasia. Forse lui e Sassy avrebbero potuto scopare anche Ian sopra la stessa scrivania.

"Oh mio Dio, smettila di pensare al sesso ora, Rafe Chavez!" Sassy gli schiaffeggiò la spalla e Rafe sbuffò.

"Hai iniziato tu, piccola." Beh, forse sì. L'intera conversazione era stata un misto di angoscia e riferimenti sessuali.

"Stiamo andando a trovare tua madre. Indovinerà cosa stavamo pensando. Lo fa *sempre*."

Rafe sorrise. Di sicuro sperava che sua madre non sapesse proprio *tutto* quello che gli passava per la testa. Non era nemmeno sicuro che lei sapesse di lui e Ian. Era sempre stato bisessuale, ma non era mai venuto allo scoperto con i suoi genitori. Non sapeva cosa ne avrebbero pensato ai tempi.

O cosa ne penserebbero ora...

Era stato un tale piccolo bastardo da adolescente, che quando aveva finalmente trovato la sua strada e imparato a comportarsi come un uomo, aveva avuto paura di rovinare il nuovo rapporto di fiducia che si era formato. Aveva celato i sentimenti per Ian alla sua famiglia, come se non fosse niente di più che il suo migliore amico, e Rafe sapeva che questo aveva contribuito alla partenza di Ian.

Ian e Sassy non erano gli unici due a doversi sentire in colpa per la fine della loro relazione.

Rafe aveva commesso la sua parte di errori e sapeva di doversi riscattare.

Quel giorno avrebbe presentato ufficialmente Sassy ai suoi, facendo il primo passo nella giusta direzione. Aveva sperato di portare anche Ian, ma forse era un bene che non fosse con loro. Fare un passo alla volta sembrava l'approccio migliore in quella situazione.

Gesù, quanto cazzo era complicato.

Scosse la testa, cercando di schiarirsi le idee. Se avesse affrontato la giornata pensando al peggio, avrebbe finito solo per stressarsi, proprio come doveva aver fatto Sassy, a giudicare dal modo in cui era vestita.

Rafe abbassò gli occhi sui propri jeans scuri e la camicia abbottonata, poi guardò Sassy. "*Cariña*, metti dei jeans e tieni addosso quel top dannatamente sexy. Mostra i tatuaggi sulle braccia e quando ti chinerai, sarò in grado di vedere anche quello sulla tua schiena."

Sassy spalancò gli occhi. "Non mi chino per te in casa dei tuoi genitori." Fece un sorriso sfacciato. "E non prometto niente, ma potrei stuzzicarti se mi infastidisci abbastanza."

Lui la baciò profondamente, facendo scivolare la lingua contro la sua. "Dannazione. Mi fai innervosire, Sass. Ma sul serio, puoi indossare i jeans e tutto quello che vuoi." Allungò una mano e le sciolse i capelli. Le lunghe ciocche caddero come onde sulle sue spalle, e Rafe sospirò a quella vista. Dannazione, la sua donna era così fottutamente sexy. Avrebbe dovuto tenerle i capelli raccolti per poterli sciogliere di nuovo, ma la prossima volta sarebbe stata nuda.

Cazzo. Sì.

"Stai di nuovo pensando al sesso."

Lui si leccò le labbra. "Merda, sì, ma non preoccuparti. So controllarmi." Forse. "Mostra i tuoi tatuaggi, lascia i capelli sciolti, indossa quello che ti fa sentire a tuo agio e sii te stessa. Non c'è motivo di nascondersi."

Gli occhi di Sassy si riempirono di lacrime, e lei le ricacciò indietro, ma non prima che una le scivolasse giù sulla guancia. Rafe sentì una stretta al cuore mentre le asciugava il viso con il pollice.

"Sassy, piccola, cosa c'è che non va?" Avrebbe fatto tutto il possibile per farle sapere che era speciale, la *sua* donna speciale. Pregò Dio di dargli la forza.

"A parte che ti comporti in modo brusco e perfetto allo stesso tempo?" Lei scosse la testa e poi raddrizzò le spalle. "Li ho lasciati anch'io, Rafe. E se mi odiassero per questo? Non sono rimasta in contatto perché avevo paura. Anche se vivevo a soli venti minuti di distanza, era come se fossimo separati da un oceano, considerando come mi sentivo."

Lui chiuse gli occhi e si maledisse. Era ovvio che fosse questo a spaventarla a morte. Aveva vissuto con la sua famiglia per molto tempo e, come lui, li aveva abbandonati. L'aveva fatto per proteggersi, e così facendo, aveva ferito la sua famiglia. Ma non nella misura che lei credeva.

La sua famiglia era molto indulgente quando si trattava delle persone che amavano.

Lui lo sapeva bene.

"*Cariña*, smettila di angosciarti. Gli sei mancata e sì, erano preoccupati per te, ma sapevano che dovevi avere un buon motivo per andartene. Incontriamoli e facciamola finita. Ti hanno invitato, Sass. Ti *vogliono* lì. Parleremo, rideremo, mangeremo del buon cibo, e poi quando torneremo a casa faremo l'amore, e speriamo questa volta di arrivare al letto al primo colpo."

Sassy rise sommessamente, esattamente come lui aveva previsto. "Diciamo sempre che lo faremo sul letto e poi finiamo per dormirci solamente, perché ci siamo stancati da qualche altra parte."

Le afferrò il culo, facendole attraversare il corpo da un'ondata di calore. Il suo cazzo duro le premeva contro la pancia e lei alzò un sopracciglio.

"È colpa tua," brontolò Rafe.

La mano di Sassy si infilò tra i loro corpi e corse lungo il suo sesso. "No, tesoro, è colpa tua, ma me ne occuperò io. Più tardi." Gli fece l'occhiolino. "Faremo tardi se non mi cambio subito e usciamo. Due minuti!" Si diresse con disinvoltura alla camera da letto, con gli occhi di Rafe incollati al suo culo formoso. Lui scosse appena la testa.

Sì, questa era la Sassy che amava. Stava ancora fantasticando totalmente in preda all'eccitazione, quando lei fu già di ritorno.

Una volta indossati dei jeans aderenti, che più

tardi gli sarebbe piaciuto sfilarle, partirono in direzione della casa dei suoi genitori con solo cinque minuti di ritardo. Non male, considerando che Rafe aveva avuto il tempo di assicurarsi con le sue stesse mani che i jeans di Sassy si adattassero perfettamente al suo corpo.

Aveva la sensazione che sua madre, vedendo il viso radioso di Sassy, avrebbe capito *esattamente* perché fossero in ritardo, ma non gli importava. Finalmente aveva la donna dei sogni al suo fianco, e l'uomo dei sogni nel suo cuore, che sperava fosse a casa ad attenderli.

Non gli serviva molto altro.

Prima che potessero salire i gradini del portico, sua madre aprì la porta d'ingresso e si avvicinò con le braccia spalancate.

"Sassy!" Sua madre sollevò Sassy dai gradini e la avvolse in quelle stesse braccia forti che lo avevano stretto innumerevoli volte. Anche se sua madre era più bassa di almeno trenta centimetri e praticamente avrebbe potuto tenerla in tasca, era più forte di chiunque altro avesse conosciuto.

"Signora Chavez." La risposta di Sassy era un po' formale, ma nella voce si percepiva un affetto che andò dritto al cuore di Rafe. Questa era anche la famiglia di lei, doveva solo assicurarsi che Sassy lo capisse e non si allontanasse.

Un'altra volta.

Sua madre si tirò indietro e aggrottò le sopracciglia. "Signora Chavez? Pensi che io sia la madre di mio marito Carlos e non di Rafe? No, tesoro, chiamami Juanita o mamma. Non accetterò nient'altro."

Sassy sorrise e Rafe tirò la madre verso di sé in modo da poterla baciare sulla guancia.

"Grazie, mamma," sussurrò, e lei gli diede una pacca sulla guancia.

"Sei un bravo ragazzo, Rafe. Grazie per aver riportato Sassy da noi." C'era un luccichio nei suoi occhi che non riusciva a interpretare. "E la prossima volta, mi aspetto che porti anche Ian. Era ora che voi tre foste di nuovo insieme."

Rafe smise di respirare e si bloccò sul posto. "Co...cosa?"

Sua madre scosse la testa, poi avvolse il braccio intorno alla vita di Sassy. "Ai tempi sapevo che voi tre stavate insieme. Non puoi imbrogliarmi, giovanotto. Eravate tutti e tre così innamorati che non avreste potuto nasconderlo nemmeno se ci aveste provato. So che Ian pensava di darla a bere con la storia del ragazzo ricco e distaccato. Non ci è riuscito, tesoro. Era così preso da te, proprio come tu e Sassy lo eravate da lui, da risultare evidente."

Sassy gli afferrò la mano, ma lui ancora non riusciva a elaborare quello che sua madre stava dicendo. Lo sapeva? Per tutto questo tempo, lo aveva sempre saputo. Pensava di averlo nascosto così bene. A quanto pare non avrebbe dovuto nemmeno provarci.

"Non so cosa tu stia pensando, Rafe, ma sappi questo: ti ho amato fin da quando ho scoperto di essere incinta di te, e ti amerò *sempre*. Il resto della famiglia la pensa allo stesso modo. Hai tre sorelle, due fratelli, un padre e innumerevoli altri parenti in attesa di vedere te e Sass. Ti amano e non ti volteranno le spalle a causa di chi ami. E quando porterai Ian, sarà lo stesso."

Rafe abbassò la testa, ma tirò la sua mamma più vicino, portandosi dietro anche Sassy. Avvolse le braccia intorno alle sue ragazze, mentre il peso di quello che aveva tenuto nascosto gli scivolava via dalle spalle.

"Non posso credere che tu lo abbia saputo per tutto questo tempo," gracchiò, con il corpo tremante. Non sapeva se i brividi erano di sollievo, o per la voglia incontenibile di correre da Ian e portare lì anche lui.

"Tesoro, a me non sfugge nulla." Sua madre lo strinse un'altra volta, poi si allontanò. "Ora andiamo dentro e mangiamo. Probabilmente gli altri sono col naso schiacciato contro la finestra, a cercare di scoprire quale sia il problema."

"Sono sorpresa che non siano ancora usciti," disse Sassy, mentre intrecciava le dita a quelle di Rafe.

Lui le afferrò la mano, grato per l'ancora di salvezza. Sassy era sempre stata la sua ancora, anche quando si era data alla fuga. Senza di lei...beh, non si era mai sentito completo.

Entrarono e furono accolti dalla sua famiglia, con sorrisi e abbracci che riportavano Sassy, e Rafe, all'ovile. Sassy li aveva lasciati, ma lui non poteva dimenticare di aver fatto lo stesso. Certo, tornava per le vacanze e le nascite dei nipoti, ma si era costruito una casa da un'altra parte.

Ora era tornato e avrebbe dovuto imparare di nuovo a far parte della sua famiglia, come aveva fatto in passato.

"Rafe," la voce profonda di suo padre lo tirò fuori dai suoi pensieri. L'uomo aveva il braccio intorno alla spalla di Sassy e un sorriso sul viso. "È bello vedere che ce l'hai fatta, *niño*."

"Papà," esclamò e strinse forte l'uomo, trascinando Sassy nell'abbraccio come aveva fatto con sua madre.

Suo padre sorrise, ma c'era tensione nei suoi occhi come quando era al lavoro, qualcosa che Rafe aveva sperato sarebbe svanito con il tempo. "Quando hai tempo, dobbiamo parlare del negozio. Ci sono delle cose...*niño*, sai che mi fido di te per tutto, ma alcune cose non devono cambiare."

Quando suo padre diceva tutto, non intendeva proprio tutto tutto, ma quello non era né il tempo né il luogo per parlarne. La sua famiglia poteva anche essere d'accordo con il suo stile di vita, il che era già una sorpresa, ma non era sempre stato facile avere un padre e un figlio a gestire gli affari insieme.

"Possiamo parlarne più tardi," disse Rafe con un

sorriso, evitando di sollevare un problema proprio quel giorno che era dedicato a Sassy, e più tardi a Ian. "Per ora, mangiamo del buon cibo e mettiamo in mostra la mia ragazza." Baciò la fronte di Sassy e lei rise.

"Di solito mi metto in mostra da sola, caro, ma se vuoi fare gli onori, sono tutta tua."

Lui sorrise e annuì a suo padre che aveva recepito il messaggio, poi si diresse verso il cortile dove la sua famiglia era in piena festa.

Era strano quanto volesse che Ian fosse lì con loro, a celebrare il loro tempo insieme come una triade. Sapeva che Ian aveva in programma di uscire allo scoperto su loro tre, contando sul fatto che la famiglia di Rafe lo avrebbe accettato. Avrebbe potuto funzionare.

Guardò la donna tra le sue braccia e sospirò.

Sarebbe stato meglio che funzionasse, perché avrebbe fatto qualsiasi cosa per lei, e per Ian. Aveva solo bisogno di assicurarsi che non sarebbe stato tutto invano, perché se lo avessero abbandonato di nuovo, beh…

Non sapeva cosa avrebbe fatto, allora.

Era stato a pezzi già una volta e se fosse successo di nuovo, non era sicuro che sarebbe stato in grado di rimettersi in sesto. Sassy e Ian erano diventati rapidamente tutto il suo mondo e questo lo spaventava.

Rafe doveva solo dimostrare loro che poteva funzionare. Con il profumo della cucina di sua madre, i suoni di risate e felicità, e la sensazione di accetta-zione che li circondava, sembrava più possibile che mai.

Una volta finita la cena, tornarono a casa di Sassy in tempo record. Aveva a malapena spento il motore, che già Sassy era fuori dalla macchina con lui al seguito. La inseguì su per le scale, con un sorriso stampato sul volto.

Quando lei girò la chiave lui la spinse dentro e, afferrandole il polso, la sbatté contro la porta facen-dola chiudere di botto.

Gli occhi di Sassy si allargarono e lei sorrise. "Come siamo impazienti, vero?"

Lui le prese il volto tra le mani. "Ti ho fatto male?" Non aveva avuto intenzione di sbatterla contro la porta così forte ma, dannazione, non riusciva più a trattenersi dopo ore passate con gli altri, senza un'oc-casione per starle davvero vicino.

Lei gli afferrò il culo e si premette contro di lui, così che la punta dura del suo cazzo le scavasse nella pancia. "Mi è piaciuto. Mi hai tenuto il polso e hai usato l'altra mano per tenere la porta, in modo che non sbattessi troppo forte. La porta ha solo fatto un gran rumore, ecco perché sei sembrato troppo brusco." Sorrise. "Beh, sei stato brusco, ma sexy come un maschio alfa. Ora, vai avanti e finisci quello che hai iniziato. Spero che tu stia per scoparmi contro questa porta."

Rafe scosse la testa. Questa donna lo capiva così bene che lo spaventava. "Ti leccherò qui contro la porta e poi farò l'amore con te nel tuo letto, perché te l'ho promesso."

I suoi occhi si scurirono e Sassy gli fece quel sorrisino che andava sempre dritto al suo cazzo. Lui si strappò la camicia di dosso e si compiacque di come lo sguardo di lei seguisse le linee del suo petto e dei suoi addominali. Si sarebbe allenato ancora di più se questo significava che lei avrebbe continuato a guardarlo in quel modo. Avvolse la mano intorno alla sua nuca e la portò verso di sé per un bacio. Amava il suo sapore, così dolce e piccante allo stesso tempo.

Si tirò indietro e le alzò la maglietta. Lei sollevò le braccia per farsela sfilare. Rafe la contemplò vestita solo del reggiseno e dei jeans attillati. Le aveva detto che gli piaceva il modo in cui si modellavano sulle sue cosce e sul suo culo, e lo pensava sul serio.

Dio, quanto cazzo amava le sue curve.

Slacciò la chiusura anteriore del reggiseno, in modo che i suoi seni fossero nudi. I capezzoli rosa erano duri e sembravano implorare i suoi baci. Rafe abbassò la testa e ne prese uno in bocca, tenendo il seno in mano mentre lo leccava e mordicchiava. Si spostò verso l'altro seno e si inginocchiò. Sassy era abbastanza bassa da permettergli di succhiarle i capezzoli e affondare la faccia nelle sue tette.

Sul serio, adorava questa parte.

Si mosse lungo il suo corpo verso il basso,

lasciando baci e morsi sul ventre fino a raggiungere la parte superiore dei suoi jeans. Slacciò il bottone e la cerniera per abbassarle i pantaloni sotto il sedere, tirando giù anche le mutandine.

"Rafe," gemette lei, mentre si dimenava per liberarsi dai jeans e gettarli di lato.

"Dio, quanto amo il tuo sapore," esclamò Rafe, tirandosi una gamba di lei sulla spalla e leccandole la fessura. Sassy si aggrappò alle sue spalle per tenersi ferma e lui la lambì con fervore. Le allargò l'apertura e la scopò con la lingua e poi con due dita. Ogni gemito di Sassy coincideva con una contrazione della sua figa sexy e Rafe capì che lei era prossima a venire.

Allungò la mano libera ed esplorò il buco del suo culo, sapendo che anche se non avevano ancora fatto giochi anali, ci sarebbero arrivati presto.

Molto presto.

"Sì, Rafe, così. Il mio vibratore doppio non mi fa godere come le tue dita."

Lui quasi venne nei pantaloni a sentire quelle parole, ma tenne la bocca sul suo clitoride, desiderando farla venire più di ogni cosa. Quindi la sua Sassy amava fare certi giochetti perversi da sola?

Era davvero un uomo fortunato.

Mosse le labbra contro il suo clitoride, mentre le sue dita passavano l'anello stretto dei muscoli anali. Aveva solo i fluidi di lei come lubrificante, quindi infilò solo la punta delle dita per evitare di farle del male.

"Rafe!" Lei venne sulla sua lingua e lui mantenne la pressione sul clitoride, sapendo di farla godere di più in quel modo.

Mentre lei aveva gli occhi ancora chiusi lui si alzò, tenendole il fianco per non farla cadere, e poi la prese in braccio. La portò in camera da letto come aveva promesso, la testa di lei sulla spalla e il corpo ancora tremante.

"Come vuoi farlo, Sass?"

"Scopami a pecorina. Mi piace come vai a fondo in quel modo."

Lui sorrise. "Sei una sporcacciona."

Lei alzò gli occhi e lui la mise in piedi. "E tu sei così maschio per averlo detto."

Rafe la schiaffeggiò sul culo e lei si girò con un gemito, pur guardandolo da sopra la spalla inarcando un sopracciglio.

"Mettiti a quattro zampe in mezzo al letto, *cariña*. Così quando sverrai dal piacere, almeno non cadrai di faccia."

Lei rise, esattamente come lui aveva sperato, e lui si tolse i pantaloni dopo aver preso un preservativo dal portafoglio. Lo srotolò per tutta la lunghezza, con il cazzo più che pronto ad affondare in quella bella figa rosa.

Le scivolò dentro in una sola spinta, ed entrambi gemettero allo stesso tempo. Continuò a pompare, con le grosse dita che scavavano nei fianchi mentre la scopava. Si chinò su di lei, in modo che il suo corpo le aderisse alla schiena, e lei sollevò i fianchi per assecondare le sue spinte.

"Baciami, mia adorata Sassy," sussurrò.

"Anche tu sei mio," disse lei, voltando la testa.

"Tuo." Lui le morse le labbra e venne tutto dentro di lei. Rafe angolò i fianchi per strofinare l'inguine contro il suo clitoride e lei rabbrividì. Le sue pareti interne si strinsero intorno a lui mentre veniva nello stesso momento.

"Mia," ripeté lui.

"Tua," sussurrò lei, con voce roca.

Entrambi sprofondarono nel letto, con il cazzo di Rafe ancora dentro di lei, perché non era pronto a muoversi. Lui le prese la guancia e lei lo guardò da sopra la spalla, così che lui potesse di nuovo baciarla sulle labbra. I loro corpi sudati giacevano l'uno sull'altro, quando finalmente il loro respiro si calmò e lui deglutì forte, troppo sopraffatto dal loro passato e dal loro futuro per parlare.

Questo era quello che aveva desiderato per tutti quegli anni, eppure non aveva capito quanto profondamente. Sassy era sua e di Ian. Pregava solo che non lo lasciassero.

Un'altra volta.

Capitolo sette

Ian si passò la mano sul petto, lisciandosi la cravatta. Non aveva idea del perché si sentisse così teso e a disagio in quel momento, ma ne era infastidito. Chiuse gli occhi per un attimo, facendo un respiro profondo. Se non si fosse dato una calmata, rischiava di spaventare gli altri avventori del ristorante. A causa delle sue occhiate torve e del cipiglio ancora più torvo, la maggior parte della gente tendeva a soddisfare le sue richieste.

Era così che si era costruito una carriera nel settore degli immobili di lusso.

Quello, e il cognome Steele.

Stasera avrebbe usato quel nome per ottenere il tavolo che desiderava, ma avrebbe fatto del suo meglio per non sembrare accigliato. Dopotutto, non voleva spaventare Sassy durante il loro appuntamento.

"Ian? Vieni?"

Sbatté le palpebre per dissipare i dubbi, che sembravano insinuarsi nei momenti meno opportuni, e si rivolse alla sua ragazza, la sua Sassy.

Non gli importava che indossasse jeans sdruciti, un vestito hippy a fiori o niente di niente, la sua donna aveva sempre un aspetto incantevole.

Ma in quell'esatto momento, la sua bellezza lo aveva stordito a tal punto che pensava di svenire.

Quella sera avrebbero cenato in uno dei migliori ristoranti di New Orleans, e a quanto pareva lei aveva deciso di vestirsi elegante. Il lungo abito nero avvolgeva le sue curve in tutti i posti giusti. La scollatura a cuore accentuava il seno, ma senza farla sembrare volgare. No, non c'era niente di volgare in Sassy e lui amava anche questo di lei.

Aveva lasciato i capelli sciolti. Rafe gli aveva riferito che aveva provato ad acconciarsi i capelli quando avevano visitato i suoi genitori, e lui glieli aveva slegati. Ian intuì che questa volta li aveva lasciati sciolti per lui, una cosa che non solo lo sorprese, ma lo fece innamorare di lei ancora di più.

Nella sua chioma selvaggia spiccava una semplice ciocca nera intonata al vestito, una scelta sobria rispetto ai colori che usava normalmente, ma che gli risultò gradita. Tuttavia Rafe aveva sottolineato quanto fosse sexy quando le aveva sciolto i capelli, e Ian sapeva che prima o poi avrebbero dovuto giocare su quel tema.

Quel momento, però, era dedicato solo a Ian e Sassy. Il loro non era soltanto un rapporto a tre, ma anche la somma di tre rapporti di coppia distinti. Questo rendeva indispensabile che trascorressero del tempo non solo tutti insieme, ma anche a quattr'occhi.

Non preferiva una modalità rispetto all'altra, sapeva solo di aver bisogno di entrambe. Aveva bisogno di stare da solo con Sassy, tanto quanto aveva bisogno di tempo riservato a Rafe. Quando erano loro tre insieme, era come se avessero messo insieme tutti i pezzi di un puzzle, di cui solo loro vedevano l'immagine finita.

Definirlo complicato era un eufemismo, ma non gli importava.

Li amava entrambi, e potesse morire se li avrebbe lasciati di nuovo perdendo tutto questo.

"Ian, cosa c'è che non va stasera?"

Lui scosse la testa, poi strinse la mano di lei, portandosela alle labbra. Le baciò delicatamente le dita e sorrise.

"Mi dispiace, amore mio. Non riesco a liberarmi dai pensieri stasera." Erano in piedi di fronte alla sua auto, dove il posteggiatore stava tendendo una mano. Ian sorrise al giovane e con un cenno di assenso gli consegnò le chiavi, prima di prendere Sassy sottobraccio. "Ora lascia che ti porti dentro, altrimenti rischio di passare la notte qua fuori con la testa tra le nuvole."

Lei aggrottò la fronte ma lo seguì, con il braccio infilato sotto il suo. "Puoi fantasticare quanto vuoi Ian, ma se preferisci stare a casa stasera, possiamo andarcene."

C'era qualcosa nel tono di lei che fece riemergere dei ricordi e si maledisse. Ai vecchi tempi, quando si era allontanato emotivamente si comportava in modo distaccato, chiudendosi nei suoi stessi pensieri. Se non avesse fatto attenzione, rischiava che Sassy e Rafe pensassero che stesse succedendo di nuovo.

Nonostante fosse distante mille miglia da quello stato d'animo, capiva le loro paure. In parte lo feriva il fatto che non si fidassero del suo impegno a non andarsene, ma non poteva biasimarli.

La direttrice di sala li fece sedere al tavolo in un angolo appartato, come aveva richiesto. Con un cenno alla donna, tirò indietro la sedia di Sassy e la aiutò a sedersi.

"Sai, avrei potuto farlo da sola, ma mi piace quando ti comporti da perfetto gentiluomo vecchio stile."

Ian sorrise, apprezzando che non importava cosa indossasse, era sempre la solita Sassy.

"Anche se ti piace un po' quando mi comporto all'antica, se dovessi fare qualcosa in più di quello che ho appena fatto, mi ritroverei con le palle strizzate in un secondo."

Lei ammiccò, con gli occhi ridenti. "Proprio così."

Il cameriere portò la carta dei vini ed elencò i

piatti fuori menù della serata. A Ian non importava quello che avrebbe mangiato quella sera, sapeva già che tutto era squisito, e avere Sassy come compagnia era tutto ciò che desiderava da quella cena.

Alzò un sopracciglio in direzione di Sassy. "Ti piacerebbe assaggiare ognuno dei piatti del giorno?"

Gli occhi di Sassy si allargarono un po', prima che si aprisse in un sorriso. "Certo. Questo semplifica le cose."

Il cameriere annuì e se ne andò, mentre Ian bevve un sorso d'acqua. "Perché sembravi sorpresa quando ho suggerito cosa ordinare?"

Sassy aggrottò le sopracciglia mentre cercava le parole giuste, poi si leccò le labbra. "Non voglio che tu abbia un'impressione sbagliata di quello che sto per dire."

Lui si accigliò. "Puoi sempre dirmi tutto."

"Lo so. O almeno credo di saperlo adesso. Quando uscivamo insieme da giovani, ci mettevi un po' a scegliere il cibo. Come se avessi bisogno che fosse quello giusto o qualcosa del genere. E quando siamo entrati qui, ho visto un paio di tizi in giacca e cravatta che guardavano nella tua direzione come se si aspettassero un saluto, ma non hai risposto. Hai guardato solo me tutto il tempo. Non fraintendermi, mi fa impazzire di gioia che non sembri preoccuparti di ciò che pensano gli altri, ma è un grosso cambiamento da come eri prima."

Ian aggrottò la fronte, sapendo che lei aveva

ragione, ma non gli piaceva il se stesso del passato, se questo era quello che Sassy pensava di lui. "Sono stato così nelle ultime settimane?"

Non si era reso conto di essere cambiato così radicalmente da quando si erano rivisti. Sì, *era* maturato negli ultimi dieci anni, ma questa non era la prima volta che erano usciti da soli per un appuntamento.

Sassy scosse la testa poi gli prese la mano. "No, sei stato fantastico, Ian. Te lo giuro. L'ho accennato ora solo perché ho notato quanto sei diverso. Non in senso negativo, solo...non lo so." Sospirò. "Mi piaci, Ian. Mi piaceva il vecchio te, ma mi piace ancora di più questo nuovo te."

Lui intrecciò le dita a quelle di lei sul tavolo e sorrise. "Mi piaci anche tu, Sassy, sia la vecchia versione che la nuova. È questo che dobbiamo fare ora che siamo adulti, credo. Scoprire se le nuove versioni di noi stessi possono stare insieme come una volta." Immagini eccitanti di come riuscivano a incastrarsi tra loro in un certo modo gli riempirono la mente e Ian trattenne un gemito.

"So a cosa stai pensando e, sì, stiamo bene insieme anche in quel modo." Lei fece l'occhiolino e lui gettò la testa all'indietro e rise.

Poteva sentire su di sé gli sguardi delle persone intorno a loro, ma non gli importava. Questa donna lo faceva sentire speciale per quello che era, non per quello che poteva fare per lei. L'aveva amata tanti anni prima in un modo che non pensava possibile, ma ora era un sentimento ancora più profondo.

Era un bastardo fortunato.

"Ian, pensavo fossi proprio tu."

Ian si rivolse alla voce profonda che aveva parlato e sorrise educatamente. Dean era uno degli amici di suo padre e sebbene fosse una persona tollerabile, non era una delle preferite di Ian.

"Dean," disse Ian, alzandosi. Lanciò un'occhiata a Sassy, che sembrava infastidita quanto lui di quella interruzione. Sebbene loro due fossero chiaramente una coppia nel bel mezzo di una conversazione, la gente della risma di suo padre, come Dean, non si preoccupava affatto di essere cortese.

"Ho sentito che sei tornato in città." L'uomo non degnò Sassy di uno sguardo e Ian si limitò a sollevare un sopracciglio.

"Lascia che ti presenti la mia compagna, Sassy." Porse la mano a Sassy, che scelse di alzarsi da sola.

Tese la mano verso Dean, che sbatté le palpebre per poi stringergliela goffamente. "Piacere di conoscerti, Dean," disse lei educatamente.

"Piacere mio, cara," rispose lui, chiaramente indeciso su cosa pensare di lei. Dopotutto, Sassy era diversa da chiunque altro Ian avesse frequentato a New York. Se le regine dei ghiacci con cui era solito uscire Ian erano ossute e biondo platino, Sassy era prosperosa e faceva venire l'acquolina in bocca.

Esisteva solo una Sassy al mondo.

"Lavori con Ian o con suo padre?" chiese lei, con quello che sembrava genuino interesse.

"Lavoro con Richard, sì, ma ora che Ian è tornato in città, spero di poter condurre qualche affare anche con lui."

Sassy sorrise, con una luce calda negli occhi. "Non puoi sbagliare con Ian."

Dean ricambiò il sorriso, incantato. "Questo lo so. Mi scuso di aver interrotto la cena, e spero che vi godiate la serata. Ian, quando ti sarai sistemato, chiamami. Mi piacerebbe parlarti in un ambiente più...appropriato."

Lo salutarono e si sedettero di nuovo. "Mi dispiace," disse Ian, mentre il cameriere serviva le portate.

Sassy sventolò una mano. "Non preoccuparti. Non potevi certo ignorarlo e in fondo non ha detto apertamente che non sono la persona adatta a te, quindi non c'è problema."

Ian corrugò la fronte. "E se avessi detto il tuo cognome, avrebbe fatto due più due e scoperto chi sei veramente."

Lei si strinse nelle spalle, ma lui poteva vedere la scintilla svanire nei suoi occhi. Dannazione. Non avrebbe dovuto parlarne.

"Non importa. Non sono più quella ragazza e lo sappiamo entrambi. E quando se n'è andato, sembrava davvero che non mi considerasse uno scarto della società o una prostituta."

Ian sbuffò. "Tesoro, non sembri una prostituta."

"Non sono raffinata come tutte le donne qui dentro, ma davvero non mi interessa."

Lui le prese la mano e la portò alle labbra. "Pensi che a me invece importi? Io ti amo, Sassy. Lo sai. Amo anche Rafe." Aveva parlato a bassa voce, ma se qualcuno avesse sentito non gli sarebbe importato. "Sassy, qualunque cosa accada da qui in poi, non vado da nessuna parte. Ho commesso degli errori in passato. Lo sappiamo entrambi. Non li farò di nuovo."

"E se le persone come Dean dovessero dare di matto a causa di noi tre?"

"Allora che si fottano."

"Ian," sussurrò lei, poi scosse la testa.

"Davvero. Che si fottano. Si abitueranno a noi. Finché non fanno del male a te o Rafe, non mi interessa cosa succede al di fuori di noi tre."

"Non stai dicendo sul serio, vero?"

Lui espirò profondamente. "Non me ne andrò di nuovo. So che non ci crederai davvero finché non lo vedrai, quindi perché non finiamo di mangiare e poi torniamo a casa mia per il dessert?"

Lo sguardo di Sassy si infiammò e lui dovette aggiustarsi i pantaloni. "Beh, cazzo, in realtà intendevo gelato al caramello, ma mi piace cosa ti è passato per la mente."

Lei sobbalzò sulla sedia. "Gelato al caramello? Possiamo avere entrambi?"

Ian immaginò di poter leccare quella crema dolce

dai suoi capezzoli e tossì nervosamente. "Ora posso chiedere il conto?"

"Intendo immediatamente, tesoro, o me ne vado da solo e dovrai seguirmi."

Il cameriere arrivò rapidamente e Ian lasciò abbastanza contanti da saldare il conto più la mancia. Si diressero verso la sua auto e si affrettarono a salire, mentre Ian schizzava a velocità folle verso casa sua. Tenne di proposito gli occhi e le mani lontano da Sassy per tutto il tempo, o avrebbero rischiato di non arrivare tutti interi.

Quando finalmente giunsero al piano di sopra e chiusero la porta, erano entrambi già accaldati e il cazzo di Ian premeva dolorosamente contro la cerniera dei pantaloni.

"Ci stiamo comportando come degli adolescenti," ansimò Sassy mentre gli sfilava la camicia.

Si spogliò anche lei e rimasero entrambi nudi. Le loro mani tremavano e Ian ridacchiò.

"Perché abbiamo così tanta voglia in questo momento? Forse ci hanno messo qualcosa nel vino," borbottò, poi premette le labbra su quelle di lei, incapace di aspettare ancora.

Lei gli schiaffeggiò il sedere e lui si tirò indietro. "Sbaglio o hai appena detto che hai bisogno di essere drogato per fartelo venire duro con me?" Aveva un ghigno sul viso, ma comunque era meglio non indispettire la *famosa* Sassy.

Le afferrò saldamente il culo e la sollevò, così che

lei potesse avvolgere le gambe intorno alla sua vita. Entrambi deglutirono a fatica quando il suo cazzo premette contro la figa di lei.

"Sto dicendo che *tu* sei la mia droga, piccola. Ora ti metto giù, perché tenerti in questa posizione senza indossare un preservativo è una pessima idea." Lui la mise a terra, ma lei scivolò lungo il suo corpo lentamente, e lui dovette fare un respiro profondo per trattenersi dallo scoparla lì su due piedi. "Inoltre, ti ho promesso del gelato." Le schiaffeggiò il culo come lei aveva fatto con lui e sorrise. "Ora va' a sdraiarti sul pavimento della camera da letto che arrivo subito."

Lei sollevò le sopracciglia. "Vuoi rischiare di rovinare i tuoi costosi tappeti per del gelato?"

Che opinione misera aveva di lui. No, che misera opinione aveva dell'uomo che *era*. "Si possono pulire, Sass. Se gioco bene le mie carte, sarò in grado di leccare ogni singola goccia dai tuoi capezzoli così che non sia un problema. Ora vai a sdraiarti e rilassati. Sono pronto per il mio dessert."

Gli occhi di lei si allargarono e con un sorriso sbarazzino si accomodò nella camera da letto, nuda come il giorno in cui mamma l'aveva fatta. Lui fece un respiro profondo, esercitando il controllo che aveva affinato, e prese dal congelatore il gelato preferito di Sassy.

Lei si sdraiò a terra, i suoi capelli sparsi intorno al corpo. Si titillò il capezzolo con una mano, mentre l'altra faceva dentro e fuori dalle sue labbra inferiori, con i fianchi che dondolavano in sincrono.

Ian quasi lasciò cadere il barattolo e i cucchiai in quel momento.

Non c'era niente di più sexy di una donna che sapeva esattamente quello che voleva, e lei sapeva che non aveva bisogno di un cazzo duro per ottenerlo...eppure quando vide il suo cazzo sorrise e fece l'occhiolino.

"Perché ci hai messo tanto tempo?" disse, facendo le fusa.

Lui cadde in ginocchio, tolse il coperchio del gelato e ne tirò fuori un piccolo assaggio. Prima che lei potesse dirgli quello che voleva, lo lasciò cadere sul suo ombelico, non molto sexy forse, ma dopotutto lei lo aveva incoraggiato.

Sassy si torse e si dimenò. "Porca miseria, quanto è freddo!"

"Fatti scaldare," disse lui, per poi leccare la crema sul suo stomaco e inghiottirla, così da non farle sentire troppo freddo. Lei gemette mentre lui si tirava indietro e metteva una goccia del gelato sciolto sopra i suoi seni, per poi buttarcisi sopra. Il sapore dolce della sua pelle, mescolato con il caramello, era una combinazione così inebriante da dargli alla testa come una droga.

Giocarono con il gelato, leccandosi e assaporandosi a turno, finché non furono sazi. Ian scoprì che il posto migliore dove metterne un cucchiaio era il fondoschiena di lei, e doveva ricordarsi di farlo sapere anche a Rafe più tardi.

"Sono tutta appiccicosa," esclamò Sassy, mentre entrambi ansimavano. Nessuno dei due era venuto e quei lunghi preliminari li avevano fatti eccitare al massimo.

"Vado a prendere un preservativo, e magari cerchiamo di non farti diventare ancora più appiccicosa."

Ridacchiò mentre si alzava. Lei si stropicciò il naso e scosse la testa. "Battuta volgare, ma mi è piaciuta."

Mentre tornava da lei, Ian srotolò il preservativo per tutta la lunghezza, apprezzando il modo in cui Sassy seguiva i suoi gesti. In effetti, sembrava che le piacesse molto guardarlo.

"Alzati, girati verso lo specchio sul comò e attaccati al bordo", ordinò.

Lei sorrise e fece come le era stato detto. Lui si avvicinò da dietro e mise le mani vicino a quelle di lei, in modo da avere una buona presa, ma senza schiacciarla.

"Pronta, mia cara?" sussurrò, poi baciò la piccola zona dietro il suo orecchio. Lei rabbrividì nella sua stretta e lui si spinse contro di lei, così da farle scivolare il cazzo tra le natiche.

Lei si chinò leggermente e lui affondò nel suo corpo caldo. Ian spostò le mani in modo da poter afferrare i fianchi di lei e poi si tirò indietro. I loro sguardi si incontrarono nel riflesso dello specchio e lui le sorrise.

"Pronta, Ian. Sono pronta a tutto."

Dio, lui ci sperava, ma non era quello il momento di dubitare.

I loro sguardi nello specchio non vacillarono mai, mentre lui pompava dentro di lei. Il loro respiro si sincronizzò, e lui aumentò il ritmo. Quando le sue palle si irrigidirono e la base della sua spina dorsale formicolò, capì che stava per venire.

Si allungò per afferrarle il seno. Lei si leccò le labbra e poi vennero all'unisono, i loro gemiti che riecheggiavano nella stanza mentre lui riempiva il preservativo. Non vedeva l'ora di venirle dentro senza profilattico, ma era una cosa per il futuro.

In quel momento aveva la donna che amava tra le sue braccia, il cazzo completamente dentro di lei, e il corpo premuto contro il suo. Per ora gli bastava e pregava che un giorno ci sarebbe stato di più, che lei non lo avrebbe lasciato. E che si sarebbe fidata che anche lui non l'avrebbe più abbandonata.

Scosse la testa per scacciare quei pensieri malinconici e la baciò dolcemente. "Mia," sussurrò.

"Tua, e tu sei mio", rispose lei ansimando.

"Tuo, Sassy. Per sempre tuo."

Capitolo otto

"Quindi Sassy lavora stasera?" chiese Rafe, anche se pensava di conoscere già la risposta, considerando che non era nell'appartamento con lui e Ian.

Ian si sedette sul divano accanto a lui, più sexy che mai con la cravatta slacciata e i capelli spettinati. Prese un sorso di birra e appoggiò la testa all'indietro. "Stasera chiude il negozio con Shep che poi la porterà a casa sua, dove la sua ragazza Shea e Sassy passeranno una serata tra donne. Suo cugino Austin è di nuovo in città e usciranno insieme, in modo che le ragazze possano avere un po' di tempo da sole."

"Giusto," disse Rafe, poi bevve un sorso di birra. "Shep ha invitato anche noi, vero?"

"Sì, ma ho rifiutato dal momento che entrambi ci stiamo facendo il mazzo a lavoro, cercando di ambientarci dopo il trasferimento."

Rafe chiuse gli occhi, la testa gli pulsava dolorosamente dopo una giornata pesante. Suo padre gestiva ancora il negozio a New Orleans, sebbene Rafe lo avesse rilevato anni prima, dato che già possedeva gli altri due con il franchising che aveva creato. La compresenza di due uomini dominanti in un unico spazio di lavoro non stava funzionando come aveva sperato.

Era scappato da Sassy e Ian, ed era finito comunque a vivere vicino a Ian per un decennio. Era tornato a New Orleans per smettere di scappare dai suoi problemi. Per tutto il tempo in cui era stato via, si era assicurato di tenersi lontano dalla sua famiglia perché li aveva disonorati.

O almeno così aveva creduto.

Dannazione. I suoi genitori erano molto più tolleranti e accoglienti di quanto avesse dato loro credito. Questa sua mancanza di fiducia, di per sé, lo avrebbe fatto vergognare ancora di più, ma Sassy non gli aveva permesso di commiserarsi.

Dopotutto, avevano scelto di andare avanti e scoprire il proprio futuro. Tuttavia, lavorare con suo padre si stava trasformando in un incubo a parte. Il suo vecchio non condivideva la sua gestione del lavoro, e mentre Rafe aveva accettato che suo padre non sarebbe mai cambiato, era necessario che alcune cose migliorassero.

Doveva trovare una soluzione o avrebbe aperto un nuovo negozio della sua catena, se fosse stato necessario. In ogni caso non sarebbe scappato come una volta. Allora era giovane e stupido.

Ora era adulto e sperava di non essere più altrettanto stupido.

Se non altro nella sua vita c'era un uomo che dominava su tutto, e almeno su quel fronte le cose sembravano funzionare senza intoppi.

O così sperava.

Si allungò e appoggiò la testa sulla spalla di Ian. Ian si spostò in modo da poter avvolgere comodamente il braccio attorno a Rafe. Lui fece un respiro profondo e inalò il profumo di sandalo che era così caratteristico di Ian.

"Che piani hai per stasera allora?" chiese Rafe, con la voce un po' assonnata. Era piacevole sedere sul divano avvolto nelle braccia dell'uomo che amava. Erano semplicemente seduti a non fare niente e si sentiva felice. Dal modo in cui il corpo di Ian si era rilassato intorno a Rafe, anche lui doveva essere a suo agio.

Ian passò un dito sulla spalla di Rafe, senza fare altri movimenti. La tensione nella stanza aumentò, ma era una tensione inebriante.

"Non avevo pensato a nient'altro che stare a casa. Sono davvero troppo stanco per andare là fuori e fingere di divertirmi con dei fottuti ventenni."

Rafe sorrise. In qualche modo Ian era sempre stato pantofolaio e più vecchio della sua età quando si trattava di stare con le persone, ma non aveva intenzione di farglielo notare. Non ora che andavano d'accordo e si stavano godendo la serata.

Sedettero lì in silenzio per altri dieci minuti o giù di lì, fino a quando Ian si spostò e Rafe si mise a sedere dritto. Ian sospirò e poi appoggiò gli avambracci sulle cosce, con la testa china.

Rafe si accigliò e accarezzò la schiena di Ian. "Che succede?"

"Cosa stiamo facendo?"

Tre parole.

Solo tre parole e Rafe si sentì come se gli avessero rubato l'aria dai polmoni. Sbatté le palpebre, incerto su cosa dire. Dal tono della voce di Ian, dalla postura delle sue spalle, Rafe capì che non stavano parlando di quello che avrebbero fatto per cena.

No, questa era la conversazione che Rafe aveva sempre temuto... anche se pensava che l'avessero già avuta.

Dannazione. Ora era arrabbiato. "Che diavolo vuoi dire, Ian?"

Ian si voltò verso di lui, con gli occhi spalancati. "Perché sei arrabbiato? Volevo sapere qual è il passo successivo in modo da non trovarmi impreparato." Ian si alzò, barcollando indietro. "Cazzo, Rafe. Pensavi che me ne volessi andare di nuovo? Pensavi davvero che dopo tutto questo, dopo tutto quello che ho detto e fatto, potessi abbandonarvi?"

Rafe si alzò così da trovarselo faccia a faccia. "Te ne sei già andato una volta, cazzo!"

Gli occhi di Ian si riempirono di dolore, prima che lui potesse nasconderlo. "Vaffanculo, Rafe. Pensavo che l'avessimo superato. Ti ho dato qualche motivo per pensare che non faccia sul serio?"

Rafe strinse gli occhi ma non disse nulla. Effettivamente non riusciva a trovare una sola dannata ragione e questo lo infastidiva più di quanto volesse ammettere. Le sue stesse insicurezze lo stavano tormentando.

"Ian..."

Il suo amante alzò la mano. "No, fammi parlare. So che non rido e scherzo quanto te e Sassy. So di essere quello che sta in disparte e sembra essere lì quasi per caso. Ma a me piace così, Rafe. Mi piace guardarvi scherzare e sorridere delle cose più strane. Mi piace sapere di essere lì con voi, anche se non devo *far parte* di tutto in ogni momento."

D'improvviso Rafe si sentì uno stronzo. "Ian, tu ne fai sempre parte. So che ci sei. Dio, mi dispiace tanto, cazzo. Non so che cosa mi sia preso." E ora sembrava una ragazzina. O ragazzino, per quello che valeva a quel punto.

Ian increspò le labbra in un piccolo sorriso prima di scuotere la testa. "Non vado da nessuna parte, Rafe. Dio, ho fatto tanti errori in passato e lo sappiamo tutti. Avevo troppa paura di quello che i miei genitori avrebbero pensato di me, per il fatto che amassi non solo un uomo, ma un uomo *e* una donna allo stesso tempo. Sono stato così dannatamente stupido da fare ciò che tutti gli altri si aspettavano da me, piuttosto che quello che sentivo nel mio cuore."

Rafe non si mosse, non parlò, sapendo che quelle parole erano importanti per Ian...e per loro.

Ian sollevò il viso di Rafe con le sue mani forti, che sembravano un'ancora adesso che Rafe si sentiva come se stesse andando alla deriva, ignaro di cosa gli avrebbe riservato il futuro.

"Tu e Sassy siete tutto per me. Lo eravate anche prima, ma io non capivo cosa significasse. Sono qui per restare, Rafe. Ma ho bisogno di sapere qual è il piano a lungo termine. Siamo stati dei pazzi furiosi a presentarci alla Midnight Ink per iniziare da capo con Sassy, senza nemmeno parlarne prima con lei, ma è quello che abbiamo fatto. Abbiamo creato il momento giusto, piuttosto che aspettare che succedesse qualcosa."

Rafe girò la testa per baciare il palmo di Ian. "Lo so. Col senno di poi, avremmo potuto agire un po' diversamente."

Ian sorrise. "Non mi dire. Sono passati due mesi da quando siamo tornati e stiamo cercando di far funzionare questa relazione, quindi non vado da nessuna parte. Devi crederci o tutto quello che sto facendo non ha senso, Rafe."

"Gesù, sono un fottuto stronzo."

Ian sorrise. "Sì, lo sei, ma ti amo."

"Ti amo anch'io, Ian."

Ian abbassò la testa e catturò le sue labbra in un

bacio appassionato. Quando si allontanò appoggiò la fronte contro quella di Rafe. "Ci stiamo andando piano, Rafe." Lui sbuffò. "Okay, piano per quanto possibile, dal momento che già dormiamo tutti insieme."

Rafe sorrise. "Beh, abbiamo un passato insieme, quindi non *così* piano."

"Mi sto giocando tutto, Rafe. Vado fino in fondo. So che è lo stesso per te, o non avresti tanta paura di quello che potrebbe succedere se io cambiassi idea."

"Questo lo so. Davvero. Ho solo avuto un attacco di panico o qualcosa del genere."

"Se non ti fidi di me, andare avanti diventerà fottutamente difficile. So di meritarmelo sotto certi aspetti, ma sono qui per restare. E spero che anche Sassy la pensi così."

Rafe chiuse gli occhi. "Dobbiamo darle lo stesso beneficio del dubbio che ci stiamo dando l'un l'altro."

"Lo so. E lo stiamo facendo. Ma avrai notato che mentre tra noi due ci siamo detti che ci amiamo, e l'abbiamo detto anche a lei, Sassy non ha pronunciato quelle parole." Il dolore negli occhi di Ian era troppo intenso da sopportare, e Rafe lo baciò dolcemente.

"Sì, l'ho notato anch'io."

Ian si tirò indietro e scosse la testa. "Guardaci. Siamo stati insieme per due cazzo di mesi, abbiamo fatto il miglior sesso della nostra vita e stabilito una connessione pazzesca, e ci stiamo angosciando del fatto che lei non abbia detto che ci ama."

"Le parole contano con Sassy."

"Ed è questo che ferisce di più, cazzo, che non so se ce lo dirà mai. È molto più facile tornare a quello che stava facendo prima che ricomparissimo, piuttosto che affrontare le prove che ci aspettano una volta che il mondo verrà a sapere di noi."

Ian non aveva paura solo per se stesso. Lavorava in un ambiente molto pubblico, e la gente stava già spettegolando sul fatto che uscisse con una donna misteriosa di nome Sassy. Era solo questione di tempo prima che scoprissero Rafe...e chi fosse Sassy. Non si stavano nascondendo per evitare di farsi del male a vicenda. In tal modo, però, avevano aperto la porta a una nuova serie di problemi. Avrebbero affrontato quei problemi, e Rafe sapeva che ne sarebbe valsa la pena.

Pregava solo che anche Sassy la pensasse così.

"Non ho intenzione di costringerla a dire qualcosa che non prova...o che magari prova, ma non è pronta a confessare a noi o a se stessa," disse Ian.

"Cosa vuoi da questa storia?" chiese Rafe. Lui sapeva bene cosa voleva, tutto il dannato pacchetto, le promesse, i bambini, e un modo per loro tre di lavorare e vivere insieme. Il mondo e le sue opinioni su ciò che era giusto o sbagliato potevano andare a farsi fottere. Non facevano del male a nessuno stando insieme, e tutti gli altri dovevano semplicemente trovare un modo per accettarlo.

Più facile a dirsi che a farsi, ma se alla famiglia di

Rafe stava bene, allora avevano superato l'ostacolo più grande. A Ian non poteva fregare di meno dei suoi genitori, e per Sassy era lo stesso. La sua vera famiglia alla Midnight Ink non sembrava avere problemi al riguardo, considerando che c'era già una triade nel negozio.

Ian passò il pollice sulla guancia di Rafe. "Voglio tutto, Rafe. Voglio proprio tutto. Esattamente come te. Non significa che me lo merito, ma lo voglio. Non so come andrà, al di là di quello che possiamo fare noi tre impegnandoci insieme, ma troveremo un modo."

"Per quanto riguarda noi tre, la questione è comunicare di più, se ci pensi."

Ian alzò gli occhi. "Sì, non siamo i migliori in questo."

"E fare più sesso, dal momento che siamo in tre."

Ian gettò la testa indietro e rise, una delle cose più sexy al mondo agli occhi di Rafe. "Anche quello. Ma in quello siamo davvero bravi, cazzo."

Ian lo tirò a sé e Rafe appoggiò la testa sulla spalla. Rimasero così in silenzio per un po', con i corpi cullati a un ritmo che solo loro potevano sentire.

"Andrà tutto bene," sussurrò Ian.

Rafe chiuse gli occhi e strinse la vita di Ian. "Sì. Sì, hai ragione."

L'unica cosa importante su cui non avevano alcun controllo in quel momento, e nessun *desiderio* di avercelo, era Sassy. Era una forza a sé stante.

Per quanto lui e Ian si amassero, Rafe sapeva che

non sarebbe stato lo stesso senza Sassy. Era lei che li teneva insieme e rendeva complete le loro vite.

Non se n'era andata, ma era pienamente coinvolta?

Non lo sapeva, ma le avrebbe concesso del tempo. Sia lui che Ian lo avrebbero fatto.

Era il loro centro.

Dovevano assicurarsi che lei lo sapesse.

Capitolo nove

"Quindi è diverso stare con due ragazzi piuttosto che con uno solo?" Gli occhi di Shea si allargarono e subito si coprì la bocca con una mano, scuotendo la testa. "Non posso credere di averlo appena chiesto," borbottò da dietro la mano.

Sassy si passò una mano tra i capelli, con i braccialetti che tintinnavano mentre cercava di trattenere una risata davanti a quella domanda.

"Oh tesoro, tu sei di famiglia. Puoi chiedere queste cose," la prese in giro.

Shep, il grande amore di Shea e uno dei migliori amici di Sassy, si avvicinò da dietro Shea e le mise una mano sulle spalle. "Sassy, tesoro, se è di famiglia, forse non dovreste parlare di sesso. E Shea, amore, sono l'unico uomo di cui hai bisogno."

Shea arrossì violentemente e si appoggiò a lui.

"Quasi sempre sei anche troppo per i miei bisogni, Shep, tuttavia è un piacere averti a disposizione."

Sassy sorrise quando Shep attirò Shea in un bacio mozzafiato che la lasciò con le guance rosse, scarmigliata e incredibilmente sexy. C'era qualcosa di dolce ed eccitante nel guardare una coppia, o una triade, innamorata e sapere che potrebbe esserci qualcosa di simile ad attenderla.

Beh, non era pronta a dire di aver trovato la sua felicità, ma era decisamente sulla strada giusta.

Aveva volutamente celato i suoi sentimenti a Ian e Rafe, dopotutto erano tornati insieme da un paio di mesi soltanto. Avevano ancora tempo per trovare il loro ritmo e capire come incastrare ogni pezzo di quel particolare puzzle nel posto giusto. Tuttavia, ciò non significava che non ci avesse pensato.

Dio, a volte sembrava che fosse *l'unico* pensiero che aveva.

Le cose stavano andando bene però. Addirittura alla grande. Aveva avuto bei momenti con ciascuno dei suoi uomini, e anche con entrambi allo stesso tempo. Era consapevole del fatto che pensava costantemente a Ian e Rafe come ai *suoi* uomini.

Ecco cos'erano.

Erano suoi tanto quanto lei era la loro donna.

Shep tornò al suo blocco da disegno, lavorando a un progetto artistico per Shea, e lasciò lei e Sassy libere di parlare di ciò che amavano di più.

I loro uomini.

Naturalmente, Sassy doveva anche rispondere ai telefoni e fare tutte le altre trentamila cose di competenza della segretaria della Midnight Ink, ma oggi era una giornata piuttosto tranquilla per fortuna. C'erano per lo più solo gli artisti che lavoravano sui progetti imminenti, e solo due clienti sulle poltrone a farsi tatuare. Gli aghi producevano un sommesso ronzio, che si propagava su e giù lungo la spina dorsale di Sassy.

Oh sì, era decisamente arrivato il momento di farsi un nuovo tatuaggio.

Forse avrebbe scelto quel soggetto che Rafe e Ian avrebbero voluto quando erano arrivati per la prima volta al negozio, un paio di mesi prima. Era difficile credere che fossero passati solo due mesi da quando erano ricomparsi, spaventandola a morte. Dio, certo che li amava, ma voleva aspettare a dirglielo.

Qualcosa la stava trattenendo, non sapeva cosa, ma non era pronta a condividerlo con loro.

"A cosa stai pensando con quella faccia tutta seria?" chiese Shea, distogliendo Sassy dalle sue elucubrazioni sull'amore e i suoi due uomini.

Sassy scosse la testa e sorrise. Era inutile parlare di cose a cui ancora non riusciva a dare una forma definita nella sua mente. Preferiva parlare di cose positive, come il sesso e il fatto che Shep e Shea si sarebbero sposati presto.

Beh, presto significava entro il prossimo anno, ma era comunque una notizia fottutamente bella.

"Allora, sei emozionata per il tuo nuovo tatuaggio?" chiese Sassy, cambiando argomento. Shea alzò un sopracciglio ma non glielo fece notare.

"Ho appena finito il mio primo soggetto con Shep, ma sta già progettando il secondo. Penso aspetterò un po' prima di farmelo fare, però. Voglio essere sicura di non esagerare e farmi dodici tatuaggi in dodici mesi."

Sassy inclinò la testa. "Sai, se fossero piccoli, potrebbe essere una buona pubblicità per lo studio."

Shea alzò gli occhi. "Oh Dio, guarda che ho combinato."

Sassy sorrise e si girò verso la reception, in modo da appuntarsi quella idea. Qualcuno aveva lasciato il giornale del mattino sopra il suo taccuino e mentre lo spostava, qualcosa attirò la sua attenzione.

"La Puttana Bordeaux È Tornata In Città. Cosa Ha Da Dire Papà Al Riguardo?"

Sassy sbatté le palpebre mentre il ronzio nelle orecchie diventava sempre più assordante. Aprì la bocca per parlare, ma non uscì nulla. Mise il dito sulla colonna della cronaca mondana e si leccò le labbra improvvisamente secche.

"Sassy? Che c'è? Oddio, sei così pallida. Stai male? Shep!"

Sentì Shea gridare, ma da un posto lontano, che si allontanava sempre di più.

L'avevano scoperto.

Qualcuno aveva capito chi era e come era collegata a Ian. Guardò le parole, *puttana, sodomita* e *triangolo*, emergere dalla pagina e sentì salire un conato di vomito.

Avevano scoperto anche di Rafe.

Due mani forti la fecero girare e lei guardò Shep con occhi vitrei.

"Sassy? Che succede, tesoro? Parlami. Austin, portale dell'acqua."

Sassy aveva dimenticato che Austin, il cugino di Shep, fosse tornato in città. Doveva ricordarsi di prenderlo in giro per i suoi tatuaggi, come faceva sempre. Questo, se mai fosse stata in grado di pensare di nuovo...o di guardare in faccia quelle persone.

Oddio, come avrebbero reagito scoprendo che aveva mentito per tutto quel tempo?

"Oh mio Dio, Sassy," esclamò Shea con un sussulto dietro le sue spalle e Sassy chiuse gli occhi.

Dannazione. Aveva visto l'articolo.

"Oh tesoro, quella brutta stronza di Vivian sa essere una vera serpe quando scrive nella rubrica di gossip. Avevano messo alla gogna anche me e Shep quando iniziammo a uscire insieme, a causa di mio padre, ma ora è tutto caduto nel dimenticatoio."

Sassy sentiva le mani di Shea sulla sua schiena, ma non riusciva a parlare. Poteva solo pensare a cosa avrebbe dovuto fare e a chi avrebbe dovuto proteggere. Quello era il suo lavoro.

Lei era la *famosa* Sassy.

Era disposta a rinunciare a tutto per assicurarsi

che la famiglia di Rafe, gli amici di Ian, la squadra della Midnight Ink, tutti loro, stessero bene.

Non c'era altra scelta per lei.

Perché non importava quanto scandaloso fosse stato per Shea, la ragazza d'oro, mettersi insieme a un artista coperto di tatuaggi, non era niente in confronto a essere la perduta principessa Bordeaux, magicamente riapparsa in un triangolo con uno degli scapoli più ambiti negli Stati Uniti e un altro uomo senza educazione, almeno secondo l'alta società di cui facevano parte i suoi genitori.

Ecco come li avrebbero schiacciati. Non importava che amasse Ian e Rafe, o che entrambi fossero molto di più delle loro apparenze. Niente di tutto ciò aveva importanza nel mondo in cui era cresciuta, quello stesso mondo che lei aveva combattuto così duramente per lasciarselo alle spalle.

L'immagine pubblica era l'unica cosa che contava in quell'ambiente.

Perpetrare quello che era il peggior peccato possibile ai loro occhi avrebbe solo fatto del male a Ian e Rafe.

Non poteva fargli questo.

Non importava cosa pensasse di se stessa, non avrebbe ferito gli uomini che amava.

Dannazione.

Le lacrime minacciarono di traboccare, ma lei le respinse indietro. Non avrebbe ceduto di fronte ai suoi amici, alla famiglia con cui aveva legami che sperava fossero più forti del sangue.

"Merda, Sassy, c'è una troupe qui fuori con una telecamera, dicono che vogliono parlarti," disse Austin da dietro di lei e Sassy trattenne un brivido. "Ho sprangato le porte. Questa è proprietà privata e possono andare a farsi fottere."

"Devo uscire da qui," sussurrò lei, con voce rotta.

Tutto adesso era rotto dentro di lei.

Shep le passò una mano tra i capelli, ma lei a malapena lo sentì.

Non sentiva quasi più nulla.

"Okay, tesoro, ti tireremo fuori di qui."

Lei scosse la testa e si allontanò. Sentiva addosso gli sguardi di tutti quelli che erano nella stanza. Le persone che amava le si avvicinavano, cercando di aiutarla, ma lei non riusciva a tollerarlo, ad accettarlo.

"Ho bisogno di stare da sola. Posso uscire dal retro, ma non ho la macchina."

Austin le lanciò le sue chiavi e lei le prese senza pensare. "È la mia auto a noleggio. Prendila. Mi faccio dare un passaggio da Shep, tranquilla."

"Austin, non penso che dovrebbe guidare in questo stato," lo ammonì Shea.

"Penso che Sassy sia più forte di tutti noi. Se ha bisogno di andare via, cazzo, dobbiamo lasciarla andare," replicò Austin.

Dio, perfino un uomo che conosceva solo da un

paio di mesi la considerava più forte di quanto non fosse in realtà. Sperava di non deluderli, perché stava per fare qualcosa che avrebbe richiesto tutto il suo coraggio.

"Sassy," esclamò Shep e lei sbatté le palpebre per uscire dallo stordimento in cui si trovava. "Datti una calmata. So che puoi farcela. Devi andartene? Okay, possiamo aiutarti. Ma non puoi guidare là fuori e rischiare un incidente perché hai la testa da un'altra parte. Capito?"

Annuì, grata per la sua famiglia. "Starò bene," mentì.

Non sarebbe mai stata bene, considerato quello che doveva fare, ma lo avrebbe fatto comunque. La forza non veniva dalle scelte facili ma da quelle molto difficili, come quella che era costretta a prendere in quel momento.

"Difenderemo il forte," disse Shep. "Più tardi ci dirai cosa è successo. Non ci metteremo a curiosare."

Lei lo baciò sulla guancia, poi corse fuori dalla porta sul retro. Non le pareva di scorgere giornalisti in giro, ma temeva che potessero tenderle un'imboscata. Mise il suo cervello sul pilota automatico mentre guidava verso il garage di Rafe. Avrebbe trovato lì anche Ian. Era il suo giorno libero e stava aiutando la famiglia di Rafe, creando quei legami che lei desiderava tanto. Sarebbero dovuti andare fuori a pranzo, solo loro tre, un'ora dopo e poi Ian avrebbe trascorso il pomeriggio alla Midnight Ink per conoscere la sua famiglia.

Almeno quello era il piano.

Ora non più.

Un pugno di cattiverie scritte in una rubrica di gossip avevano rovinato tutto.

Entrò nel garage e spense il motore. Le lacrime non erano ancora cadute. Era come se il tempo si fosse fermato, mentre poteva vedere tutti intorno a lei muoversi come se nulla fosse accaduto. Come se il suo mondo non si fosse appena frantumato in un milione di piccoli pezzi, impossibili da rimettere insieme.

"Sassy? Siamo in ritardo?" chiese Rafe con un sorriso sul volto. Aveva macchie di grasso sulla tuta e sembrava abbastanza forte da poterla sollevare con la sua sola volontà.

Eppure non era abbastanza.

"Piccola?" Ian fece capolino dall'altra stanza, vestito in jeans e maglietta che lo facevano sembrare più rilassato di quanto lei lo avesse mai visto. Sembrava essere *parte* di quella famiglia.

Qualcosa che lei non sarebbe mai stata.

"Che succede?" chiese Rafe, avvicinandosi a lei.

Sassy fece un passo indietro quando lui cercò di toccarla. Lo shock e il dolore sul viso di lui furono un colpo al cuore, ma era così che doveva essere.

"Possiamo trovare un posto appartato per parlare?" Poteva vedere il padre di Rafe che entrava nel garage e ora non poteva affrontarlo, non quando stava per deludere di nuovo lui e tutta la sua famiglia.

Dio, l'aveva già fatto in passato, ma era stato per proteggere il suo cuore.

No, l'aveva fatto per proteggere loro.

C'era una differenza.

Doveva esserci.

"Sì, possiamo andare sul retro," disse Rafe, con una voce carica di paura che la colpì dolorosamente.

Buffo, a quest'ora pensava di essere diventata completamente insensibile.

Li seguì entrambi e si mise tra di loro, sapendo che questa era l'ultima volta che lo avrebbe fatto.

"Avete letto i giornali?" chiese, con un tono privo di emozioni. Se avesse ceduto alle emozioni proprio allora, non sarebbe stata capace di fermarsi e le sarebbero mancate le parole.

"Non ancora," disse Ian. "Ho letto i titoli principali, ma non ho guardato il resto. Che c'è, Sassy?"

Sassy scosse la testa. "Guarda la rubrica di gossip quando hai tempo, oppure no. Sanno tutto."

Rafe sbatté le palpebre. "Chi lo sa?"

"Tutti. Lo sanno tutti. Sanno che la puttana Bordeaux è in un rapporto a tre e la principessa perduta è una vergogna per la sua famiglia."

La faccia di Ian si riempì di collera. "Cosa? Che parola hai usato?"

Sassy scosse la testa. "Non è importante. Puoi leggere tutto. Le cose che hanno scritto? Non sono vere. Lo sappiamo, ma non importa. Ciò che importa è che stiamo ferendo altre persone restando insieme. Ian, hai così tanto da perdere. Anche tu, Rafe. La tua famiglia potrà anche essere d'accordo con quello che stiamo facendo, ma la penseranno allo stesso modo quando saranno perseguitati dal mio passato e dal futuro che pensavamo di costruire?"

"Fanculo il mondo, Sass," sbraitò Rafe. "Ci siamo già passati. Non ti permetteremo di andar via."

Sassy scosse la testa. "Non ci siamo mai trovati in questa situazione. Ho passato la mia vita a cercare di scoprire chi sono, e se rimango e ferisco le persone che amo perché voglio qualcosa che non posso avere, allora perdo anche me stessa."

"Niente di ciò che siamo è *sbagliato*," sussurrò Ian.

Lei serrò le palpebre per tenere a bada le lacrime. "Questo lo so. Lo *so*. Non siamo mai stati un tabù nella mia testa. Non ho mai pensato che ci fosse qualcosa di sbagliato nell'amare due uomini. Non è questo. È il fatto che la mia felicità causerebbe sofferenza ad altre persone. È questo che mi uccide. È questo che fa la differenza. Se potessi amarvi entrambi senza fare mai del male alle persone che ci sono care, allora non mi farei sfuggire l'occasione. Ma non posso essere egoista."

"Mettere fine a tutto non è la soluzione," disse Rafe con voce dura.

"Fermarci ora forse fa di me una vigliacca, ma salva le persone intorno a noi. Ero felice prima che voi tornaste e forse, dico forse, potrei tornare a esserlo di nuovo. Se non dovessi riuscirci, allora significherebbe che non me lo sono mai meritato."

Le sfuggì la prima lacrima e sapeva di non avere più tempo. "Vi amo entrambi. Per favore credetemi, ma non posso continuare a vivere un rapporto che in futuro ci farà solo del male."

Nessuno dei due uomini parlò, i loro volti erano di pietra, e lei annuì.

Ecco.

L'aveva fatto.

Aveva distrutto tutto.

Un'altra volta.

Girò sui tacchi, salì sull'auto a noleggio di Austin, e se ne andò.

Le lacrime cadevano a profusione ora, ma lei continuò a guidare, senza sapere dove stesse andando. Non a casa, c'era troppo di Rafe, troppo di Ian lì dentro.

Per quanto gli altri pensassero che fosse forte, lei sapeva che era una bugia.

Non importava quanto si comportasse da dura, non importava cosa avesse fatto per aiutare gli altri nella sua vita, era una debole. La *famosa* Sassy non avrebbe avuto il suo lieto fine.

Capitolo dieci

"La lasciate andar via così?" sbraitò il padre di Rafe, e Ian fece un respiro profondo.

Annuì a Rafe e poi affrontò l'uomo che un giorno sarebbe stato suo suocero, se Ian avesse avuto voce in capitolo. "Assolutamente no. Potrebbe aver bisogno di tempo per calmarsi, ma non lasceremo che ci abbandoni quando ci ha appena detto che ci ama."

"Che cazzo di tempismo perfetto," sbottò Rafe.

"Bada a come parli, *niño*."

Rafe brontolò di rimando e Ian digrignò i denti.

"Se n'è andata a causa di ciò che ha letto sul giornale. Quindi, vediamo cosa ha letto e poi sistemiamo tutto."

Rafe lo intercettò mentre si avviava verso l'ufficio. "Sistemare tutto? E come faremo? Cazzo, Ian, l'abbiamo appena lasciata uscire da quella porta."

Ian prese il volto di Rafe. "Se invece l'avessimo

costretta a rimanere, si sarebbe risentita a morte con noi. Quindi concentriamoci sui veri problemi, in questo caso la stampa e chi ha fatto trapelare questa storia, e risolviamoli. Dopodiché la troveremo a tutti i costi. Avremmo dovuto farlo dieci anni fa e non faremo più lo stesso errore."

Potesse morire se si fosse comportato come allora.

Continuava a ripetersi le parole di Sassy nella testa, concentrandosi su quelle che contenevano la speranza di un futuro insieme. Prima di allora lei non aveva mai detto ad alta voce che li amava, ma ora quelle parole erano state pronunciate e non le avrebbero permesso di rimangiarsele.

Non le avrebbero permesso di lasciarli per sempre.

Quando lesse la rubrica di gossip sulla dannata pagina della cronaca mondana, si lasciò sfuggire un ringhio. Rafe sussultò e si chinò a leggere a sua volta da dietro le sue spalle, lasciandosi andare a una imprecazione particolarmente turpe che sorprese Ian nella sua veemenza.

"Dio, sono stati spietati verso Sassy," sussurrò Carlos. "Chi farebbe una cosa del genere?"

Ian digrignò i denti. "Sono stati meschini e crudeli con lei nel definirla una delusione per la sua famiglia. Fate caso che hanno a malapena accennato a me e Rafe."

"L'attacco era diretto specificamente a lei," realizzò Rafe.

"E chi è che vuole ferirla più di chiunque altro e ha i mezzi per farlo?"

"Cazzo. Quel fottuto coglione."

"Suo padre?" chiese Carlos, ignorando il linguaggio di suo figlio. "*Mierda.*"

Ian sollevò le sopracciglia in segno di assenso. Guardò Rafe e sospirò. "Affrontiamolo una volta per tutte. È sempre stato dietro le quinte della nostra relazione con lei. Abbiamo scelto di ignorarlo finora perché temevamo di ferire Sassy, ma è arrivato il momento di risolvere la questione."

"Pensi davvero che sarà felice se andiamo lì e risolviamo il problema al posto suo?"

Ian scosse la testa. "No, non ne sarà felice. Dovrebbe essere lei ad affrontarlo, ma non è ancora pronta a farlo. Se vogliamo far funzionare il nostro futuro, dobbiamo assicurarci che quel bastardo non ne faccia parte. Deve capire che non può presentarsi quando vuole e farle del male. L'unica ragione per cui sa di noi è a causa di chi sono e delle persone che mi circondano. Userò questo per distruggerlo."

"E quando lei si arrabbierà con noi perché ce ne siamo occupati al posto suo?"

Ian scosse la testa. "A quel punto anche lei potrà affrontare suo padre. In questo momento però, siamo *noi* a dovercene occupare. Quello stronzo non è l'unica cosa che tormenta Sassy e se la convinciamo che questa relazione può funzionare, allora anche lei ne farà parte. Non lo stiamo facendo soltanto per lei, lo stiamo facendo per *noi*."

Non stava solo razionalizzando la questione. Non importava quanto Sassy avesse *bisogno* di confrontarsi con suo padre, non sarebbe successo in quel momento. Quel figlio di puttana non era così importante per lei alla fin fine, e Ian avrebbe fatto quello che poteva per assicurarsi che non importasse affatto.

Saltarono sull'auto di Ian e guidarono verso la tenuta Bordeaux dall'altra parte della città. Non era mai stato lì, anche se a causa delle conoscenze della sua famiglia era stato invitato spesso. Gli Steele e i Bordeaux avrebbero formato una coppia perfetta nel paradiso degli snob. Peccato che Ian e Sassy si fossero trovati a modo loro, non come i loro genitori avrebbero desiderato.

Si avvicinò al cancello e abbassò il finestrino.

"Posso aiutarla?" chiese la guardia.

"Di' a Donald Bordeaux che Ian Steele è qui, ed è meglio che ci faccia entrare. Ora."

La guardia spalancò gli occhi nel sentire il cognome di Ian, e tornò di corsa al telefono. Ian alzò il finestrino e mise le mani sul volante, afferrandolo come un'ancora di salvezza.

"È bello avere il tuo cognome, a volte," disse Rafe, anche se Ian poteva percepire la rabbia e la paura nella sua voce.

"Il mio cognome ci ha fottuto più volte di quanto ci abbia aiutato, mi sembra, ma ho smesso di preoccuparmi di ciò che pensano gli altri. Quest'uomo capirà di essersi messo contro la famiglia sbagliata e le persone sbagliate. Poi andremo da Sassy, ci inginocchieremo e la supplicheremo di tornare, perché ne ho abbastanza di aspettare."

Rafe sbuffò. "Sembra un buon piano. Facile. Conciso. E basato sul fottersene di tutto."

Il cancello si aprì e Ian ci passò attraverso. Un maggiordomo uscì dalla porta principale e fece un cenno nella loro direzione, mentre Ian parcheggiava davanti a quell'edificio mastodontico. Mentre Ian aveva scelto di vivere in un appartamento modesto e stava progettando di acquistare una casa più grande per loro tre, la casa di Donald era una cazzo di mostruosità che urlava ricchezza e privilegio da ogni angolo.

L'ennesima cosa che Ian non sopportava di quel bastardo.

Il posto trasudava denaro, eppure allo stesso tempo sembrava dozzinale. Sassy aveva più classe nel suo dito mignolo di tutto quel posto e delle persone che ci vivevano dentro messi assieme.

Ian e Rafe attraversarono le stanze e Ian sorrise al pensiero di quello che indossavano. Invece del suo solito completo giacca e cravatta, aveva addosso jeans e maglietta, mentre Rafe indossava ancora la sua tuta da lavoro. Le loro scelte di vestiario al momento non trasmettevano grande autorità, ma sarebbero andate bene per quello che Ian aveva in mente.

Emanava potere e controllo assoluto quando indossava un completo formale, ma anche in jeans e t-shirt riusciva a trasmettere una rabbia pericolosa e la capacità di agire di conseguenza.

Non lasciava dubbi sul fatto che avrebbe annientato l'uomo che aveva tentato di distruggere sua figlia.

"Beh, buon pomeriggio, Ian. Mi chiedevo quando saresti passato a trovarmi." Donald attraversò l'arco nel foyer e batté le palpebre davanti al loro abbigliamento, prima di guardarli come se fossero fastidiosi pelucchi da spazzar via.

Bene.

Bordeaux aveva commesso il primo errore in un gioco di potere, sottovalutare il proprio avversario.

"Sei un fottuto stronzo," ringhiò Ian.

Una delle perfette sopracciglia di Donald si inarcò. "Mi sorprende un atteggiamento del genere da un uomo che si presenta a casa mia vestito di stracci, insieme a quello che deve essere il tuo meccanico. O è il tuo amante?"

"Smettila con gli stereotipi," lo rimbeccò Ian. "Hai dato il nome di Sassy in pasto alla stampa."

Anche se non era una domanda, Donald rispose comunque. "Quella stronzetta pensava di poter tornare a New Orleans a infangare il nostro nome? Vada a fanculo."

Il corpo di Ian reagì prima che lui potesse attivare il cervello. Il suo pugno atterrò con violenza in mezzo alla faccia di Donald, mandando il bastardo sul pavimento.

"Beh, questo avrei potuto farlo anch'io," commentò Rafe seccamente.

Ian scrollò le spalle. "Il prossimo lo tiri tu."

"Caspita, grazie."

"Bastardo!" Donald si rimise in piedi barcollando, stringendosi il naso sanguinante, palesemente rotto. "Pagherai per questo."

"Invece no. Sarai tu a lasciar stare Sassy. Pubblicherai una dettagliata ritrattazione *e* delle scuse. Starai lontano da Sassy, Rafe e me. Starai lontano dalle famiglie che abbiamo creato. Ti farai i dannati cazzi tuoi."

"E perché mai dovrei fare una cosa del genere?"

Ian si chinò in modo da trovarsi a un centimetro dalla faccia di Donald. "Perché se tu hai qualche spiccio, io possiedo miliardi. Se tu hai un po' di potere a New Orleans, io ho autorità nel resto del mondo. E anche se la mia relazione dovesse estrommettermi dal vertice della mia azienda, avrei ancora tutto il resto. Tu non hai niente. Prova di nuovo a minacciare me e ciò che è mio e Io. Ti. Distruggerò. Completamente, e una volta per tutte.

Donald impallidì, rendendosi conto che Ian diceva la verità.

Rafe scivolò al fianco di Ian e afferrò il mento dell'uomo con forza brutale. "E quello che non può fare Ian, posso farlo io. Pensi che io sia un brutto ceffo? Non ne hai idea, coglione."

"Ah, e per la cronaca, Sassy è sempre stata qui. Tua figlia si è nascosta in questa città per più di dieci fottuti anni e non te ne sei mai accorto, finché non hai pensato di poterla usare per passare da povera vittima. Beh, vaffanculo tu e la morale del cazzo che credi di avere. Stai lontano da lei o ti dò la caccia come si fa con gli animali della tua specie."

"Hai capito?" chiese Rafe e Donald annuì.

Ian spinse via l'uomo e uscì dall'edificio. "Tu vai da Sassy. Io devo fare qualche telefonata." Avrebbe messo al sicuro il futuro di Sassy indipendentemente dal costo o dalle conseguenze. Aveva i soldi, i privilegi e le conoscenze per farlo. Gli sarebbe bastato fare un paio di chiamate a quelli con cui lavorava e avrebbero puntato così tanti occhi su Donald, che non sarebbe più stato in grado di grattarsi il culo in privato.

Sassy era l'unica cosa che non poteva permettersi di perdere.

"Pensi davvero di trovarla lì?" chiese Rafe mentre guidavano.

Ian si passò una mano tra i capelli. "Iniziamo da lì. Non mi arrenderò finché non la troveremo."

"Porca miseria," sbuffò Rafe. "Non posso credere che hai dato un pugno a suo padre. Si incazzerà."

"No, si arrabbierà per essersi persa lo spettacolo."

"Intendevo proprio questo."

Ian sorrise e mise una mano sul ginocchio di Rafe,

in cerca di conforto. Dio, Sassy li aveva abbandonati. Con tutto quello che era successo, non aveva ancora realizzato del tutto che li aveva lasciati.

Parcheggiarono sotto casa di Sassy e uscirono. Avevano entrambi una chiave e, invece di bussare e aspettare che lei non rispondesse, entrarono, impreparati alla vista che li attendeva.

Sassy sedeva in mezzo al suo divano ad angolo, con il viso pallido, aloni di lacrime sulle guance e lo sguardo assente.

"Oh, Cristo santo," sussurrò Ian, poi si affrettò a raggiungerla.

Lei lo guardò e chiuse gli occhi. "Sono scappata. Quanto sono stupida?"

Rafe si avvicinò dall'altro lato e li abbracciò entrambi. "Non è stato stupido."

"È stata una reazione istintiva a quanto pare, e poi ho trascorso la giornata piangendo perché volevo i miei fidanzati. Dio, sono un'adolescente del cazzo."

Ian prese il mento di Sassy tra le dita e la costrinse a guardarlo negli occhi. "Smettila. Non sei un'adolescente. Ti è concesso piangere, litigare e reagire come diavolo vuoi quando qualcuno di cui dovresti fidarti, qualcuno che dovrebbe amarti ti tradisce."

Lei si leccò le labbra e si tirò indietro. "Quindi è stato davvero mio padre? Non l'ho capito fino a quando non vi ho lasciati."

"Tesoro, stavi pensando a chi avrebbe patito il dolore, non a chi avrebbe potuto causarlo," disse

Rafe. "Non ti è richiesto di prenderti carico di ogni cosa, per tutti, tutto in una volta."

"Cosa avete fatto?" chiese Sassy.

Ian arrossì. "Ehm…"

"Oh mio Dio. Siete andati da lui? Senza di me?"

Rafe fissò Ian, ma Ian sapeva che avrebbe dovuto cavarsela in qualche modo. "Sì, questa prima volta. La prossima volta che andiamo lì ad affrontarlo, sarai tu a guidare l'attacco. Ti giuro che non siamo andati lì per comportarci da uomini delle caverne."

Rafe tossì.

Sassy spostò lo sguardo dall'uno all'altro e poi vide le nocche gonfie di Ian. "L'hai colpito. Non è vero? Oh, mio Dio! Me lo sono perso!" Gli tirò un pugno sulla spalla, e Ian fu sollevato nel vedere che il suo viso stava riprendendo colore. "Non posso credere di essermi persa *Ian Steele* che prende a pugni mio padre."

"Lo farò di nuovo solo per darti l'occasione di assistere."

Sassy sorrise come lui sperava che avrebbe fatto e gli buttò le braccia al collo, tirandolo verso di lei per un bacio. Lui la accontentò, gli era mancato sentirla sotto di sé. Sassy si allontanò e fece lo stesso con Rafe, prima di colpirli di nuovo sulle braccia.

"Non dovete risolvere i miei problemi."

"Ehi, erano problemi anche nostri," esclamò Rafe.

"Ho detto a tuo padre di rimediare a quell'articolo, altrimenti gli avrei reso la vita dura. Sai che posso farlo."

Sassy spalancò gli occhi. "Ian! Ma cosa succederà con la tua società? E la famiglia di Rafe? E la Midnight? Non si tratta solo di quell'articolo. Potremmo fare del male a molte persone."

Ian strinse gli occhi. "Come? Come potremmo farlo? Le uniche persone di cui ci importa ci amano e appoggiano il nostro rapporto. Non conta nient'altro."

"Ma Ian..."

"Sassy, andrà tutto bene," la interruppe Rafe. "La mia famiglia se la caverà. Sanno già che potrebbero esserci tempi incerti al negozio per un po', se le persone iniziano a interessarsi della questione, ma non lo faranno. Non proprio. E se le cose dovessero cambiare? In tal caso potrò passare in secondo piano e lasciare che mio fratello e mio padre si occupino della gestione. La mia famiglia non mi abbandonerà, e il nostro negozio non fallirà a causa di chi amo."

"E la mia azienda e le persone che ne fanno parte sono al sicuro dal punto di vista finanziario. Quello non sarà un problema. In questo momento essere eccentrico va di moda in certi ambienti, e posso far leva su quello se ne ho bisogno. Le persone di cui mi fido non mi lasceranno a causa di chi amo. Per quanto riguarda i miei genitori? Non gli sono mai piaciuto, Sass. Non c'è nulla che possa fare per cambiare la situazione e sinceramente non mi interessa. Ora siete voi la mia famiglia. Tu e Rafe."

Gli occhi di Sassy si inumidirono e lei sbatté le palpebre rapidamente. "Non ho intenzione di piangere di nuovo. Ho pianto abbastanza per oggi."

Ian le prese il volto tra le mani. "Va bene. A proposito dell'ultima parte. Vogliamo parlare della Midnight? Hai creato una vera e propria famiglia al negozio e quelle persone ti adorano, cazzo. Terranno duro, non importa cosa succeda intorno a loro. C'è anche un altro dannato triangolo nel gruppo. Penso che non avremo problemi."

Sassy arrossì. "Okay, stavo per arrivare anche a quello."

"Smettila di combatterci, Sassy," sussurrò Rafe. "Va bene essere felici."

"Va bene rischiare," aggiunse Ian. "Dacci una possibilità, Sass. Dai una possibilità al nostro futuro."

Lei si morse il labbro e lo guardò battendo le palpebre. "Prometto di non scappare di nuovo. Voglio restare. Mi dispiace di essere fuggita."

Ian scosse la testa. "Ho intenzione di sculacciare quel bel culetto rosa per avermi spaventato in quel modo, ma ti credo, baby. È comprensibile che ti sia incazzata per quello che hai letto, ma ce ne occuperemo insieme."

"È per questo che siamo qui," sussurrò Rafe.

Sassy attirò Ian verso di sé per un bacio, sfiorandogli la lingua con la sua, e lui gemette. "Amami," sussurrò lei contro le sue labbra.

"Sempre," rispose lui.

"Portami in camera da letto," ordinò Sassy e Ian le mordicchiò il labbro.

"Pensavo di essere io il maschio alfa."

Sassy alzò gli occhi al cielo. "Se voi due ancora non avete capito che sono io a decidere, allora non c'è davvero speranza per voi."

Rafe si alzò, mettendo in piedi anche Sassy. "Questo è da vedere." La sollevò e la portò in camera da letto, mentre lei lanciava un gridolino.

Ian fece un respiro profondo e sorrise.

Finalmente.

Era tutta per loro.

Si tolse la camicia e pantaloni mentre si avviava verso la camera da letto, e non rimase affatto sorpreso di trovare Sassy già nuda con Rafe tra le gambe, che leccava quella sua fighetta deliziosa.

Le sue mani erano aggrovigliate nei capelli di Rafe e lei gli rivolse un sorrisino. "Te l'avevo detto," sussurrò.

"Davvero? Sei tu che comandi?" chiese Rafe, per poi spingere tre dita nel suo corpo caldo e lei si inarcò contro di lui. "Passami il lubrificante, Ian."

Ian ridacchiò e prese il flacone e alcuni preservativi dal comodino. Spremette qualche goccia sulla mano di Rafe e si afferrò il cazzo, mentre guardava

Rafe che le scopava il culo con il dito, molto lentamente.

"Vedi? Sono io al comando," farfugliò Rafe contro la sua coscia.

"Hai vinto!" gemette Sassy.

"No, vinco io," mormorò Ian da dietro Rafe, infilando il suo dito coperto di lubrificante tra le sue natiche.

"Cristo santo, che freddo," gridò Rafe.

"Ti scalderò io," promise Ian.

Passò il dito lungo i bordi del buco di Rafe, poi lentamente lo spinse dentro, inebriato dalla sensazione dello stretto anello di muscoli intorno alle falangi. Non vedeva l'ora di sentirlo anche intorno al suo cazzo.

"È così bello," gemette Rafe.

"So *esattamente* cosa intendi," ansimò Sassy da sotto di lui.

Ian stimolò Rafe finché non fu sicuro che fosse pronto. Lentamente descrisse dei piccoli cerchi contro la prostata di Rafe e il suo amante rabbrividì.

"Non farlo ancora. Cazzo. A momenti vengo e non sono nemmeno entrato dentro Sassy."

"Allora in sella, cowboy," lo prese in giro Ian.

"Mi hai appena paragonato a u...oh mio Dio, quanto cazzo è bello!" gridò Sassy, mentre Rafe scivolava nella sua figa.

Ian afferrò i fianchi di Rafe per tenerlo fermo. "Dimmi se devo andare più lento," disse, poi premette la punta del suo cazzo coperto dal preservativo contro il buco del culo di Rafe. Diede una spinta, sentendo allentarsi la pressione mentre scivolava oltre quell'anello stretto.

Entrambi gli uomini, e Sassy, gemettero quando Ian si mosse. Un centimetro alla volta affondò nel culo di Rafe, così fottutamente eccitato nel sentirlo stretto intorno a sé che sapeva di dover stare attento o sarebbe venuto in un attimo. Infine, finalmente, fu dentro fino alle palle e pronto a muoversi.

"Pronti?" chiese Ian digrignando i denti.

"Pronti!" urlarono Sassy e Rafe all'unisono.

Ian si tirò fuori, con un movimento che costrinse anche Rafe ad andare indietro, con il suo cazzo infilato in profondità dentro Sassy. Ian impostò il ritmo, e ogni sua spinta si ripercuoteva dentro Sassy. Stava pompando a mille, con le palle contratte mentre si sforzava di non venire.

Sassy si contorceva sotto di loro, scavando con le dita nelle braccia di Ian. Lui amava che lei stesse toccando anche lui, unendo tutti e tre nel corpo, nell'anima e nel futuro.

"Sto per venire," rantolò Sassy, poi il suo corpo avvampò e i suoi capezzoli si scurirono, mentre Rafe si tirava indietro per appoggiare la testa sulla spalla di Ian.

Rafe affondò completamente dentro di lei e Ian lo spinse giù contro Sassy, in modo da poter fare lo stesso. Rafe gridò, stringendo il culo intorno al cazzo di Ian mentre veniva e Ian lo seguì subito dopo, con i muscoli finalmente rilassati mentre riempiva di sperma il preservativo dentro il culo del suo amante.

Ian si tirò fuori e si distese sul letto accanto a Sassy, con Rafe sdraiato sul lato opposto.

Si riposarono così per qualche istante, poi entrambi gli uomini si alzarono per gettare i loro preservativi e tornarono con asciugamani caldi e bagnati. Si alternarono nel pulire Sassy e poi l'un l'altro, prima di gettare gli asciugamani vicino al cesto e sdraiarsi su entrambi i lati della loro donna.

"Mi è mancato," ansimò Ian. "Dio, quanto mi è mancato."

Tra di loro Sassy rise e accarezzò entrambi i loro petti. "La prossima volta sarò io la crema in mezzo al nostro biscotto. Poi sarà il turno di Ian. Ci scambieremo di posto."

Ian chiuse gli occhi. "Penso di aver bisogno di un pisolino prima."

Rafe sbuffò. "Stai invecchiando, amico."

Sassy allungò la mano e lo toccò, facendogli tornare il cazzo duro. "Nah, basta un tocco e vi torna duro a entrambi. Ma non preoccupatevi, vi lascio riposare. Non andiamo da nessuna parte."

Ian si voltò su un fianco per poterli guardare entrambi. "Mai, Sassy. Non ti lascerò mai. Vi amo entrambi."

Anche Rafe si voltò. "Anch'io vi amo entrambi."

Le lacrime le riempirono gli occhi e sorrise.

"Lacrime di felicità. Lo giuro. Vi amo così tanto, cazzo. Così. Tanto."

Ian sospirò e le prese la bocca.

Questo è quello che aveva aspettato di sentire e sapeva che non importava cosa fosse successo prima, cosa *sarebbe* successo in futuro, finché avessero provato quei sentimenti sarebbe andato tutto bene.

Anzi, sarebbe andato tutto alla grande.

Erano di nuovo insieme.

Finalmente.

Epilogo

"Sì, Ian, tesoro, farsi un tatuaggio fa male. Fattene una ragione," lo prese in giro Sassy. Era sdraiata sulla pancia mentre Shep le incideva sul culo lo stesso tatuaggio che Caliph stava facendo a Rafe, e che Austin, il loro artista ospite in quel momento, stava disegnando su Ian.

Rafe sorrideva mentre Caliph tracciava il loro tatuaggio sulla parte inferiore del suo fianco, invece Ian teneva gli occhi chiusi e i denti stretti.

"Che succede, amico? Non ti piace che qualcuno ti tocchi il culo?" sbuffò Caliph.

"Ho delle preferenze riguardo chi deve toccarmi il culo, grazie tante," replicò Ian digrignando i denti.

Austin gettò la testa all'indietro e rise. "Allora sono commosso che tu mi stia permettendo di tatuarti. Lo so che il tuo culo appartiene a Rafe e a Sassy. Prometto di lasciare intatta la tua dignità."

"Vai a farti fottere," borbottò Ian.

"Avevo capito che non saremmo arrivati a fottere, fratello, ma grazie comunque. E hai questo soggetto tatuato sull'intera schiena. Mi sarei aspettato che fossi abituato a stare sotto l'ago ormai."

Ian sospirò. "Sono rilassato. Lo giuro. È solo che non mi piace vedere Sassy che prova dolore."

Sassy sorrise mentre gli uomini emettevano un collettivo "Awww". "Che carino che sei. Sì, fa male, ma va bene. Le mani di Shep sono magiche."

"Sarà meglio che non siano troppo brave a fare magie," sottolineò Rafe.

"Vaffanculo, Chavez," disse Shep e lo capovolse. "Se Shea ti sente dire una cosa del genere ti dà un calcio nelle palle."

"E dal momento che mi piacciono le sue palle, mi assicurerò che non si comporti come un idiota," aggiunse Sassy. "Come sta venendo?"

Shep grugnì. Sassy sapeva che non gli piaceva parlare del suo lavoro finché non fosse completato. Su quel fronte era suscettibile. Tra lui, i suoi uomini, Austin e Caliph, avevano ideato un'immagine che piaceva a tutti e tre.

Alla fine avevano trovato qualcosa di piccolo, ma perfetto. Era un anello di fuoco che si intersecava con un anello di ghiaccio, con un giglio rosso al centro. Era per lo più nero con sottili sfumature di colore, quindi il rosso risaltava molto e Sassy lo adorava.

Era perfetto per loro.

Volevano un tatuaggio perché dopotutto, era per quello che Rafe e Ian erano venuti all'inizio. Ora anche lei ne faceva parte. E poiché non progettavano di sposarsi finché non avessero sistemato i dettagli delle loro vite e gli aspetti legali connessi, quel tatuaggio avrebbe rappresentato le loro promesse.

La loro fedeltà.

Si voltò a guardare i suoi uomini mentre si facevano tatuare e sorrise.

La sua seconda vita era iniziata alla Midnight Ink e non l'avrebbe mai dimenticato.

Dieci anni dopo, dalla porta della Midnight era entrata la sua seconda possibilità di avere un vero lieto fine. Erano tre in uno, uniti nell'amore.

Si erano ritrovati e tuttavia erano ancora se stessi.

Non c'era davvero nient'altro al mondo che avrebbe potuto desiderare.

La Midnight Ink le aveva dato amore, vita e felicità.

Rafe e Ian erano al centro di tutto.

Questo era il suo futuro. In fin dei conti,

la *famosa* Sassy sapeva sempre il fatto suo.

Fine

La serie continua con Tatuaggio spinoso e il resto dei Montgomery di Denver.

Una nota da Carrie Ann

Grazie di cuore per aver letto **DESTINO A TRE**. La Montgomery Ink è una serie in corso. Spero che tu abbia la possibilità di leggere gli altri episodi!

Se è la prima volta che leggi i miei libri, sappi che puoi iniziare da uno qualunque, perché tutte le serie sono collegate tra loro! Ogni libro è una storia a sé, quindi puoi curiosare tra i titoli senza un ordine preciso!

Non perderti il mondo della Montgomery Ink!

•Montgomery Ink (i Montgomery di Denver)

Per restare aggiornato sulle prossime uscite, iscriviti alla mia newsletter sul sito www.CarrieAnnRyan.com; seguimi su twitter @CarrieAnnRyan, o metti "mi piace" alla mia pagina Facebook. Ho anche un Fan Club su Facebook con curiosità, chiacchiere e altre sorprese. I lettori come te sono la ragione per cui posso fare quello che faccio, perciò grazie di cuore.

Assicurati di essere iscritto alla mia MAILING LIST per essere informato sulle prossime uscite e ricevere omaggi e LETTURE GRATIS.

Buona lettura!

Se vuoi rimanere aggiornato su nuovi libri o promozioni, sentiti libero di iscriverti alla newsletter di Carrie Ann.

TI INTERESSA ESSERE UN BLOGGER E REVISORE PER CARRIE ANN RYAN? REGISTRATI QUI!

Montgomery Ink:

Book 0.5: Tatuaggio ispirato

Book 0.6: Destino a tre

Book 1: Tatuaggio spinoso

Book 2: I confini della tentazione

Book 3: Un passo difficile

Book 4: Stampato sulla pelle

Altre storie a venire!

L'autrice

Carrie Ann Ryan è un'autrice bestseller del New York Times e dello USA Today e scrive romanzi contemporanei, paranormali ed erotici per giovani adulti. Le sue opere includono le collane Montgomery Ink, Redwood Pack, Fractured Connections, Elements of Five, che hanno venduto più di tre milioni di libri in tutto il mondo. Carrie Ann ha iniziato a scrivere durante la specialistica per la sua laurea in chimica, da allora non si è più fermata. Carrie Ann ha scritto più di settantacinque tra romanzi e racconti brevi e ha molti altri libri in progetto. Quando non si perde tra i suoi mondi emozionanti e ricchi d'azione, legge più che può... ma sostiene che i suoi gatti abbiano più follower di lei.

www.CarrieAnnRyan.com